Gulag

Ein Roman aus dem Zweiten Weltkrieg

Richard G. Hole

Gulag
Ein Roman aus dem Zweiten Weltkrieg

1

Richard G. Hole

Zweiter Weltkrieg

ZUSAMMENFASSUNG

Die meisten Männer waren gestorben, und ihre Leichen lagen verdreht, halb im Schlamm versunken.

Andere stöhnten schwach, schwer verletzt.

Die Russen waren nah aneinander herangekommen und ihre Macheten rissen den Deutschen ins Fleisch.

Ein Befehl ertönte auf Russisch. Ein Soldat schubste einen der Gefangenen und alle machten sich auf den Weg.

Sie bewegten sich ins Unbekannte.

Ein niedriger, weicher Nebel hüllte sie ein

...

Gulag ist eine Geschichte aus der Sammlung des Zweiten Weltkriegs, einer Reihe von Kriegsromanen, die im Zweiten Weltkrieg entwickelt wurden.

GULAG

I

Leutnant Mayer rieb sich die behandschuhten Hände, während er den Soldaten ansah. Sie waren seit zwei Wochen in einem Graben, genau in diesen Grabenlinien. Geparkt. Der Schnee war mit dem Einsetzen der Regenfälle geschmolzen und der schreckliche russische Winter schien weit zurück zu liegen.

Die Steppe vor ihnen änderte von Tag zu Tag ihre Farbe. Vorher war es makellos weiß. Makellos weiß. Jetzt nahm es eine bräunliche, graue Färbung an, die durch den Kampf entstanden war, den Regen und Schlamm gegen den Schnee begonnen hatten.

In den Gräben hast du im Schlamm geplanscht. Sie lebten von einer glitschigen, pastösen Masse, in die die Füße bis zu den Knöcheln einsanken.

Der Soldat, der auf einer Munitionskiste saß, rauchte gelassen. Er lächelte, als er den Leutnant ansah. Dann sah er zum Himmel auf. Die Sonne war wie ein roter Fleck, diffus, außen ungenau und verwandelte die Mitte in einen roten Punkt.

„Guten Tag zum Sterben, finden Sie nicht, Lieutnant? Der Soldat murmelte.

„Das Wetter ist nie gut zum Sterben... Außerdem ist es schwer, in der Ruhe von heute zu sterben.

"Warum nicht? ... Ich möchte nicht glauben, dass Sie einer dieser Wahnsinnigen sind, die glauben, dass die Russen die Grenzen ihrer Kräfte erreicht haben und uns deshalb nicht angreifen. Als wir Moskau ein paar Kilometer hatten weg, da mussten wir den letzten Schubs machen, jetzt ist es zu spät und wir hoffen nur, dass sie es sind, die sich zum Angriff entschließen ... Meinen Sie nicht?

Mayer antwortete nicht. Er sah in die Sonne. Es war ein schöner Anblick. Der Soldat fuhr fort:

„Wir sind am Ende und das zeigt sich daran, dass wir keinen Schritt weitergekommen sind. Eingesperrt in dieser Welt der Schützengräben, mit Schlamm bis zu unseren Nasen, nichts tun, als darauf zu warten, dass Ivan beschließt, uns anzugreifen ... Was bedeutet das?

Mayer antwortete nicht. Er kannte die Antwort. Es war kurz, nur zwei Worte: "das Ende". Er zog es vor, sich zurückzuhalten und die Antwort zu vermeiden. Er tippte dem Soldaten in einer vertrauten Geste auf die Schulter und murmelte:

„Alles wird repariert.

Dann setzte er seinen Weg zum nächsten Maschinengewehrnest fort. Er sah wieder in die Sonne. Es war wunderschön. Ein schöner Tag zum Sterben. Warum griffen die Russen nicht an? Alles, was der Soldat gesagt hatte, war wahr. Sie warteten, ohne sich zu entscheiden, voranzukommen. Die Front brach zusammen. Es traf keine Verstärkung ein, es gab kaum Nahrung, die Munition war nicht so reichlich wie sonst, die Kleidung war unzureichend und sie wurde zerstört ...

Gelaute, einer der Diener des nächsten Maschinengewehrs, machte eine Geste zum Aufstehen, aber der Leutnant hielt ihn mit der Hand auf.

„Setz dich, setz dich...", murmelte er. Und er fügte hinzu und versuchte, seinen Worten einen Hauch von Optimismus zu verleihen, der falsch klang: "Wir leben in Frieden, eh, Freunde? Aber wenn wir angreifen, ist das vorbei.

»Wenn wir angreifen«, flüsterte Duckstein, der sich mit dem Rücken an die Grabenmauer kauerte.

„Wir werden natürlich in dem Moment angreifen, in dem unser Hitler es anzeigt.

„Hitler, Hitler... Ich hätte nie geglaubt, dass mich dieser Name zum Lachen bringen würde. Und in ein paar Monaten, schade ... Und später, da bin ich mir sicher, werde ich die verdammte Stunde hassen, die unsere Leute an ihn geglaubt haben.

Mayer hielt es für ratsam, sich seinen Untergebenen aufzudrängen, sie rechtwinklig zu machen und ihnen mit dem

Erschießungskommando zu drohen. Aber er erkannte, wie absurd es war, dies zu tun, als er dasselbe in seinem Herzen dachte.

„Wir werden den Krieg gewinnen, Duckstein. Sei versichert.

„Die Alliierten bombardieren unsere Städte. Gestern habe ich einen Brief von Marta bekommen. Er erzählt mir, dass er drei Tage in den Tierheimen verbracht hat ... Sie haben kein Essen ... Das ist vorbei.

„Vielleicht ist es das Beste. Du wirst deine Frau wiedersehen", sagte Mayer

„Sind Sie verheiratet, Lieutenant?" fragte Gelaute.

"Nicht.

"Hast du einen Partner?

„Nichts Ernstes... Warum?

Gelute zuckte die Achseln.

„Nur neugierig", murmelte er. Auch in Deutschland wartet niemand auf mich.

„Ich habe Eltern... ziemlich alt, sie wohnen auf einem Bauernhof in der Nähe des Neckars.

„Meine Eltern sind gestorben... Nun, meine Mutter starb, als ich fünf Jahre alt war. Mein Vater vielleicht noch am Leben, vielleicht auch nicht", erklärte Gelaute. Dann kniff er die Augen zusammen und sah zum Himmel auf. „Nett, oder?" murmelte er. Und fügte hinzu: „Blaß und blutig... Schöner Tag zum Sterben.

Ein Schauer lief durch Mayers Körper. Er wollte nichts mehr hören.

„Viel Glück", wünschte er ihnen. Und er drehte sich um, ging den Weg zurück und kehrte zum Gefechtsstand zurück, der eigentlich ein Schuppen war, der auf einer Verlängerung des Grabens stand.

Er stieß die Tür auf, trat ein, grüßte einen Mann, der mit einem Buch in der Hand in einem alten Sessel saß, und setzte sich auf eines der wackligen Feldbetten. In der Mitte dieses provisorischen Unterstands brannte ein Ofen.

„Gibt es etwas Neues, Mayer?" fragte der Mann.

„Nein, mein Kapitän.

„Was ist mit ihnen? ... ich meine die Soldaten.

"Wie immer. Rastlos, nervös, überrascht von der Unbeweglichkeit jetzt, wo das gute Wetter kommt. Manche verstehen die Wahrheit, andere denken nur an ihre Frauen, ihre Familien, ihre Häuser ...

Wie jeder. Wie du und ich. Du denkst "du hast das Buch zugemacht und auf den Tisch gelegt" deiner Eltern, in deinem Häuschen am Neckar ... Ja, ja, und dir kann man nicht verdenken, dass du so denkst. Ich erinnere mich an meine Wohnung in Berlin, an meine Frau, an meine guten alten Jahre, im Büro des Kriegsministeriums. Habe ich Ihnen jemals erzählt, dass ich seit vierzehn Jahren verheiratet bin?

„Nein, mein Kapitän. Aber ich vermutete es.

„Was Sie vielleicht nicht angenommen haben, ist, dass meine Frau bei der Geburt ein Kind verloren hat. Die Ärzte sagten, dass sie nie wieder schwanger werden kann, aber... aber sie ist wieder in Ordnung und alles ist in Ordnung. Ich war drei Monate beurlaubt und...

Mayer kam lächelnd auf ihn zu.

„Meine aufrichtigen Glückwünsche, mein Kapitän. Wann wussten Sie es?

"Vor einer Woche. Bist du überrascht?... Ja, natürlich überrascht dich mein Schweigen, meine Traurigkeit. Aber alles hat eine Erklärung ... Ich werde meinen Sohn nie sehen.

Der Kapitän stand auf und ging zu dem Umhang hinüber, der an einem provisorischen Kleiderbügel hing, der aus einem in die Grabenmauer versenkten Sattelbein bestand. Er durchsuchte seine Taschen, bis er seine alte Pfeife fand. Er lud Tabak hinein, zündete ihn an und ging zur Tür. Er stieß sie mit dem Fuß auf und sah nach draußen. Das rötliche Licht der Sonne beleuchtete ihn und befleckte ihn seltsam mit Blut.

„Das ist vorbei... Es ist vorbei", murmelte er, als würde er mit sich selbst reden. Vielleicht heute, vielleicht morgen. Vielleicht in einer

Woche, aber es endet, wenn Ivan es will. Ein bisschen hart und es wird das Ende bedeuten.

„Ist der Rückzug möglich?

„Es gibt den Befehl, am Boden zu bleiben. Hitler hat dies beantragt, also "antwortet der Hauptmann". Es ist, als hätte er uns gebeten, Selbstmord zu begehen... Ja, das ist Krieg: ein kollektiver Selbstmord. Einige von uns fallen auf das Schlachtfeld, auf das Feld, das sie als Ehre bezeichnen und das ist nichts weiter als ein Schwachsinn. Andere sterben im Heck. Sie sterben vor Schmerzen, so wie meine Frau sterben wird, wenn sie weiß, dass meine Tage an Etchenkos Front geendet haben. Da Ihre Eltern vielleicht sterben, wenn sie Ihr Ende finden, Lieutenant ... Ihre Eltern sind alt, nicht wahr?

Mayer nickte. Er hatte nicht die Kraft zu sprechen. Eigentlich wollte ich nur eines: dass alles so schnell wie möglich vorbei ist.

Wenn er sterben muss, soll der Tod seine Anwesenheit nicht verzögern.

Er fuhr sich mit dem Handrücken über sein rechtes Auge, als ob es weh tat. Aber in Wirklichkeit wollte er eine Träne wegwischen, die ihren nassen Weg begann.

* * *

In derselben Nacht begannen die Russen mit dem Angriff. Moskauer Divisionen starteten in einem fast selbstmörderischen Angriff gegen die deutsche Front.

Ein Schrei zerriss die Stille der Nacht. Wie ein Echo feuerten die Wachen ihre Waffen auf die verwirrenden Schatten, die über ihnen aufragten. Ein Schauder des Schreckens strich durch den Zickzack der Schützengräben, weckte die Männer und brachte sie auf den Kriegspfad. Im Sektor Etchenko sprang Leutnant Mayer aus dem Bett, wo er halb angezogen döste, und verließ, den Mantel über die Schultern gelegt, den Kommandostand.

Er verstand, dass das Ende kommen würde. Die Blitze krachten in der Nacht und erhellten es kurz mit ihren Feuerzungen. Die Männer, die sich an die schlammigen Grabenmauern klammerten, durchdrangen die Dunkelheit mit ihren Schüssen.

Vor ihnen war ein ständiger Schrei, der in Hunderten und Tausenden von Schluchten geboren wurde. Sie waren die sowjetischen Soldaten, die den Angriff starteten.

Die Böen haben sie weggefegt. Die Schreie wilder Freude verwandelten sich in herzzerreißendes Jammern, Zeichen des Todes. Aber der Angriff, die Lawinen, gingen weiter.

Manchmal gelang es ihnen, den Schützengräben sehr nahe zu kommen. Maschinengewehre knisterten mit der gleichen Intensität wie immer. Und dann war da noch das Phänomen, dass, von einer Lawine von Russen mitgerissen, hinter ihnen die Leere entstand.

Mayer ging durch den Graben. Einer der Soldaten, der ihn erkannte, brüllte:

„Lieutenant!... Warum feuert unsere Artillerie nicht?

Mayer konnte nicht antworten.

"Wo ist unsere Luftfahrt? Fragte schreiend ein anderer.

„Schießen!!... Schießen!!... Der Führer hat in irgendeiner Weise Widerstand befohlen! Mayer antwortete. Und sofort schämte er sich, weil er die Absurdität ihrer Schreie verstand.

Er lehnte sich gegen das Maschinengewehr. Das Klappern war ohrenbetäubend. Der Kellner des Stücks, der das Band weiterreichte, sagte ihm und schrie, um sich dem Geräusch der Waffe aufzudrängen:

„Wie geht es uns, Leutnant?

Mayer sah ihn an. Es war Gelaute, der stille Mann. Er vergewisserte sich, dass es dem Maschinengewehr nicht an Munition mangelte, mit der gleichen Ruhe, die sich in seinem Gesicht widerspiegelte, wie wenn er das Essen betrachtete, das sie als Quartiermeister servierten.

"Sehr gut!! Wir werden widerstehen !!

„Ja? Und wann kommen wir nach Moskau, Leutnant?" antwortete Gelaute.

Mayer erkannte, dass auch sie davon überzeugt waren, dass es hier enden würde.

Er schaute aus den Gräben. Das Geschrei der Russen war weiterhin zu hören. Er sah die Blitze der sowjetischen Automatik. Plötzlich senkte sich eine Fackel herab und erhellte die Steppe mit ihrem metallischen Licht. Hunderte, Tausende von Männern zeichneten sich gegen die Dunkelheit ab. Sie rannten mit Waffen in der Hand und schossen.

Die Deutschen korrigierten die Schusspositionen, drückten den Abzug und die Projektilgurte drangen voll in die Kammern ein, um sie auf der gegenüberliegenden Seite sofort leer zu verlassen. Viele dieser feurigen Sprachen gingen in der unendlichen Nacht verloren. Aber viele sanken auch in die Angreifer und ließen sie mit Schmerzensschreien zusammenbrechen.

Mayer sah die Soldaten um ihn herum fallen. Die Gräben füllten sich mit Klagen, mit Schreien, die die Krankenschwestern bettelten, die Mütter riefen ... Die Leuchtkugeln mit ihren metallischen Lichtern erhellten das Blut und gaben ihm eine seltsame, überraschende, unangenehme Farbe.

Als Mayer auf den Gefechtsstand zuging, stürzte ein von einem Projektil getroffener Soldat auf ihn. Er fing ihn rechtzeitig auf, damit er nicht zu Boden stürzte. Für eine Sekunde konnte er das Gesicht des Soldaten sehen. Und er konnte einen Schreckensschrei nicht unterdrücken. Das russische Projektil hatte die Stirn des Deutschen durchbohrt und die Wucht des Aufpralls ließ die Augen aus den Höhlen springen. Mayer breitete die Arme aus und ließ die Leiche fallen. Er wollte erbrechen. Einige unaufhaltsame Wünsche. Er lehnte sich gegen den Graben.

»Zurück! Jemand schrie ihn an. Er gehorchte mechanisch. Zwei Männer trugen einen dritten verwundet in die provisorische Krankenstation.

Mayer stieg über die Gefallenen hinweg und erreichte den Gefechtsstand.

Der Kapitän wurde an das Funkgerät geklebt und versuchte zu kommunizieren. Als er Mayer sah, sah er ihn einige Sekunden lang an und murmelte schließlich:

„Sie antworten nicht... Als wären wir allein auf der Welt.

„Die Russen drängen... Vielleicht wäre es das Beste, zurückzugehen und zu versuchen, eine neue Front zu bilden.

„Du musst widerstehen. Der Führer... „er hat das Urteil nicht fortgesetzt. Er war verlegen.

„Wie geht es ihnen?" fragte der Kapitän plötzlich und bezog sich auf die Soldaten.

"Müde, hungrig, satt von all dem ...

„Ich werde sie sehen.

Er zog seinen Umhang an und verließ den Kommandoposten. Mayer ging zu dem Tisch hinüber, an dem sie die Einsatzpläne hatten, und starrte sie einige Sekunden lang an.

Die Artillerie war hinter ihnen, und doch feuerten sie nicht. Alles war unverständlich.

Er legte sich auf das Bett. Erschöpft, wie betrunken. Er verspürte ein großes Verlangen zu schlafen, alles zu vergessen, die Hölle loszuwerden ...

Der Soldat, der den Sendeapparat betreute, versuchte, mit dem Oberkommando Kontakt zum Hinterland aufzunehmen, konnte dies jedoch nicht. Draußen ging der Kampflärm weiter. Mayer erinnerte sich, dass er an der Militärakademie gelernt hatte, dass von tausend Kugeln nur eine wirksam war. Und der Kampflärm enthüllte nicht tausend, sondern Dutzende, Tausende, Hunderttausende ...

Die Stunden vergingen langsam. Er verließ den Kommandoposten, ging durch die Gräben seines Sektors und suchte den Hauptmann; fand ihn nicht. Er fragte und bekam keine Antwort. Die Waffen waren glühend heiß. Sie zischten, als sie den nassen, fast flüssigen Schlamm in den Gräben berührten.

Zwölf Uhr. Der Nagel. Ein neuer Tag. Vielleicht würden sie die Sonne nicht sehen. Beide. Die Drei. Die Vier. Er wehrte sich weiter. Es schien unglaublich, aber es war so. Fünf Uhr. Der Horizont begann heller zu werden. Ein diffuses Licht, das die Flares überflüssig machte. Immer weniger Männer kämpften. Die Zahl der Verwundeten nahm zu. Der mit den Toten. Sie kommunizierten immer noch nicht mit dem Oberkommando.

Um sechs Uhr starb der Kapitän. Einer Gruppe Russen gelang es, zum Nahkampf zu kommen. Eine Machete durchbohrte ihn und drückte ihn gegen die feuchte Grabenwand.

Mayer übernahm das Kommando über das Unternehmen.

„Wir müssen mit dem Oberkommando kommunizieren... Wir müssen uns zurückziehen. Wir können nicht, wir können nicht...", murmelte er.

Aber der Sender war immer noch stumm. Der Angriff ging draußen in den Schützengräben weiter. Das diffuse Dämmerungslicht beleuchtet die Umrisse perfekt. Die Gräben waren zu einem uneinnehmbaren Zaun geworden. Vor ihnen bildeten die Russen wahre Leichenberge. Die Munition ging zur Neige.

Die Deutschen waren dutzendweise gestorben. Die Maschinengewehre, jetzt gab es viele Maschinengewehre, wechselten alle zehn Minuten und ließen sie abkühlen. Sie kämpften mit der Verzweiflung, die durch die Gewissheit, dass sie sterben würden, hervorgerufen wurde. Sie wollten das Ende hinauszögern. Den Tod verzögern.

Einige Verwundete schrien ihren Schmerz.

Jemand in einer Ecke rief einen einzigen Satz:

"Wir müssen uns zurückziehen! ... Wir müssen uns zurückziehen! ... Wir müssen uns zurückziehen! ..." Die Stimme des Mannes war tief, herzzerreißend.

Mayer drückte auf den Sender.

„Kommunizier die verdammte Zeit! Er brüllte. Aber der Apparat bestand darauf, keine Antwort zu geben. Die für das Gerät verantwortliche Person sendete einen und einen anderen erneut, um die Schlüsselsätze zu sehen.

„Wir können nicht widerstehen. Wir warten auf eine Auszahlungsanordnung. Wir können nicht widerstehen. Wir warten auf eine Auszahlungsanordnung. Wir können nicht widerstehen...

Die Waffen knackten immer noch. Die Schreie der Russen waren weiterhin zu hören, die Klagen der Verwundeten. Er kämpfte weiter und starb. All diese Schreie drehten sich in Mayers Kopf. Die Verantwortung für das Leben Dutzender Männer hing von seiner Entscheidung ab.

„Ich kann es nicht bestellen...", keuchte er. Der Befehl des Führers lautete, bis zum Tod an diesem Ort zu bleiben.

Der verrückt gewordene Soldat schrie immer wieder seinen Satz.

„Wir müssen uns zurückziehen...! Wir müssen uns zurückziehen...!

Die Waffen setzten ihr Rat-ta-ta-ta-ta-rat fort. Blut vermischte sich mit dem Schlamm und bildete eine rötliche Masse. Nach und nach fielen die Deutschen. Einer nach dem anderen. Aber sie sind gefallen. Und das Oberkommando, ohne Befehle zu erteilen. Der stumme Apparat. Mayer dachte, er würde verrückt.

Sieben Uhr morgensñAna. Ein neues dichzu. Bewölkt. Der graue HimmelzuCEO, als wäre er traurig über das, was passiert istichunter seinem runden Gesicht. Männer die liebenichIst immernochoderschnell.

Und endlich sprang der Soldat, der mit den Kopfhörern neben dem Hörer stand, auf.

„Jetzt !!... Leutnant !!

Mayer rannte an ihre Seite. Er konnte hören, was sie sagten.

"Achtung Achtung. Der Generalstab ordnet den Rückzug der Front an. Jeder Sektor muss versuchen, mit möglichst wenig Verletzten etwa fünf Kilometer zurückzugehen ... Achtung, Achtung ...

Leutnant Mayer seufzte tief. Die Bestellung war angekommen; spät, ja, aber es war angekommen.

Da merkte er, dass er einen Seufzer hörte. In vollkommener Klarheit, fast unglaublich, aber logisch, denn... denn draußen, in den Schützengräben, herrschte Stille. Das Knacken der Geschosse oder die Schreie der Angreifer waren nicht mehr zu hören.

Eine überraschende Stille nach einer ganzen Nacht des Kampfes.

Leutnant Mayer ging auf die Tür des Kommandopostens zu. Er stieß mit dem Fuß gegen die Tür, um auszusteigen.

Zwei Männer mit Waffen in der Hand zeigten auf ihn. Es waren Männer mit mongolischem Gesicht, gekleidet in die wattierten Anzüge der russischen Truppen.

Es war alles vorbei. Die Bestellung kam zu spät. Sie konnten sich nicht mehr zurückziehen.

Einer der beiden sagte ihm etwas, das er nicht verstand, aber er vermutete.

Langsam hob er die Hände über den Kopf. Der Krieg war für Leutnant Mayer vorbei. Er war ein Gefangener.

Nun begann das, was sein Epos werden sollte.

II

Mit erhobenen Händen ging er durch den Graben. Die meisten Männer waren gestorben, und ihre Leichen lagen verdreht, halb im Schlamm versunken. Andere stöhnten schwach, schwer verletzt. Die Russen waren nah aneinander herangekommen und ihre Macheten rissen den Deutschen ins Fleisch.

Er fand auch russische Leichen. Mayer sah einen, dessen Kopf von einem Gewehrkolben zerschmettert wurde.

Sie stellen ihn an den letzten Platz in einer Schlange von Gefangenen. Die Überlebenden des Etschenko-Sektors. Insgesamt vierzehn Mann, davon drei verwundet.

Ein Befehl ertönte auf Russisch. Ein Soldat schubste einen der Gefangenen und alle machten sich auf den Weg. Sie bewegten sich ins Unbekannte. Ein niedriger, weicher Nebel hüllte sie ein. Der Gedanke an einen Fluchtversuch ging Mayer durch den Kopf, aber er erkannte, dass es absurd war.

Eine fast undurchdringliche Stille umgab sie. Der Kampf war vorbei. Die Front war gebrochen. Mayer vermutete, dass sich die Russen in diesen Sektor einschleichen und die Offensive einleiten würden.

Sie umrundeten einen Hügel und kamen an eine Stelle, die flach schien. Der Nebel war ziemlich dicht und hinderte ihn daran, über zwanzig oder dreißig Meter hinaus zu sehen. Nebelschwaden schwebten, schaukelten sanft und umhüllten sie. Der Boden war ein Sumpf. Ihm wurde kalt und er rieb sich kräftig die Hände. Den Umhang hatte er am Kommandoposten gelassen. Die Russen, die sie bewachten, entfernten sich ein paar Meter, um ihre Feldtöpfe in Töpfe neben einem tragbaren Kocher zu füllen. Dann kamen sie langsam zurück und tranken etwas Heißes.

Mayer sah sich um. Er kannte diese Männer. Gelaute und Duckstein waren dabei. Er empfand eine seltsame Freude. Es lag eine lange Zeit vor uns, viele Dinge würden passieren. Konzentrationslager, Kriegsende ...

„Achtung, Deutsche !! Eins nach dem anderen aufstellen !! Die Stimme mit einem seltenen deutschen Akzent unterbrach seine Gedanken. Alle gehorchten mechanisch.

"Richtig!! Die Stimme befahl.

Sie gehorchten wieder. Sie erstarrten, Seite an Seite. Der Nebel kroch immer wieder hindurch, manchmal verschwanden sie in der weißen Masse ...

Der Atem wurde beim Atmen zu einer Dampfwolke. Es war kalt. Alles war unangenehm, sogar die Stille nach einer ganzen Nacht des Kampfes. Mayer dachte, wenn der Rückzugsbefehl früher gekommen wäre, würde die Front jetzt weiterhin Widerstand leisten und sie wären nicht da.

Die Brise wehte stärker und zerrte den Nebel weg. Dann konnten sie eine Gruppe Soldaten vor sich sehen. Ein Befehl wurde gehört, und diese Russen gaben ihre bequemen Haltungen auf und gehorchten.

Ein Schauer lief durch die Körper der Gefangenen.

"Nein... nein...", keuchte einer. Die anderen waren sprachlos, ihre Stimmbänder vor Angst gelähmt.

Weniger als fünfzehn Meter entfernt war ein Maschinengewehr installiert.

Ein Russe, der auf einer Munitionskiste saß, hatte den Kolben der Waffe auf seiner Schulter. Das Maschinengewehr stand auf einem Stativ, was ihm große Mobilität verlieh. Rechts neben der Waffe hatte ein Soldat den Gürtel voller Projektile. Links war ein anderer Russe bereit, das gleiche Band aufzuheben, als es leer herauskam.

Mayer holte tief Luft. Gelaute bewegte Kinn und Lippen, als hätte sie einen nervösen Tick. Duckstein spürte, wie ihm eine Träne in die Augen stieg. In einer Minute würde alles vorbei sein. Das Ende kam; sie würden mit Maschinengewehren beschossen werden.

Einer der Gefangenen konnte der Spannung nicht widerstehen und rollte sich am Boden. Ein Lachen, das weit weg geboren wurde, unter einer Gruppe von Sowjets, die ihre Töpfe leerten.

Ein Befehl ertönte. Sie haben es nicht verstanden. Aber sie gingen davon aus, dass der nächste Befehl seinen Tod bedeuten würde.

Sekunden vergingen; langsam, so langsam, dass es mir wie Stunden vorkam. Es war kalt, die Temperatur war unangenehm, aber all diese Männer hatten das Gefühl, dass ihnen der Schweiß auf die Stirn trat, ihre Kleider durchnässte und ihre groben Militärhemden an ihren Körpern klebten.

Mayer ballte die Fäuste fest und grub seine Nägel ins Fleisch, während Gelaute mechanisch seine krampfhafte Kinnbewegung wiederholte.

Ein neuer Auftrag, Seca; kurz, prägnant. Und dann sang das Maschinengewehr seine Todeshymne. Die Geschosse durchbohrten die Luft, durchquerten sie flüchtig, zischend Todesträger.

Die Deutschen schlossen die Augen, bissen sich auf die Lippen, legten den Kopf nach vorne.

Einer stürzte zuerst schwer. Dann brach ein anderer zusammen; wie vom Blitz getroffen.

Mayer spürte, wie seine Knie zitterten. Er musste sich anstrengen, nicht zu fallen, als er die Ratte aus dem Gewehr hörte. Er wollte auf den Beinen bleiben, obwohl sein Körper ein Lagerhaus voller Geschosse war. Er wollte den Russen zeigen, dass es schwieriger war, einen Deutschen zu Fall zu bringen, als sie dachten.

Das Zischen der Projektile war entsetzlich. Es ging über ihre Köpfe hinweg und verlor sich im Nichts.

Mayer fing seinen Atemrhythmus auf. Gelaute bewegte wieder ihr Kinn. Duckstein war überrascht, dass er immer noch stand. Er hatte sogar das Gefühl, dass Blut seinen Körper hinunterlief, dass etwas Metallisches sein Inneres verbrannte.

Gelächter ertönte. Das Echo schien es zu vervielfachen, aber es war nicht das Echo, sondern Dutzende von Kehlen. Die Russen lachten, als ob sie alles sehr amüsiert hätte.

Die Deutschen sahen sich mit großen Augen um. Das Maschinengewehr rauchte. Auch der Russe, der das Band hielt, lachte.

Es war eine erschütternde, unangenehme Szene. Die Gefangenen atmeten tief durch, ihre Lippen öffneten sich, als wären sie von Anspannung erschöpft.

„Ha ha ha!... Ha ha ha!... Was hast du gedacht?... Ha ha ha ha! Es war die Stimme des Offiziers, der mit einem seltsamen Akzent deutsch sprach. Er ging auf sie zu und betrachtete sie einen nach dem anderen. Er brach in Gelächter aus, als er die nasse Hose eines Gefangenen sah. Dann trat er ein paar Schritte auseinander und lachte wieder.

Alles schien ihn außerordentlich amüsiert zu haben.

„Was hast du gedacht?" fragten sie. Und er fuhr fort: "Die Regierung der Russischen Sozialistischen Sowjetunion hat eine höhere Vorstellung vom wahren Wert der Menschen und glaubt, dass ihr Leben respektiert werden sollte ... Ich bin sicher, dass die deutsche Propaganda Ihnen gesagt haben wird, dass wir Mörder sind, aber dies ist eine Reihe von Lügen, Unwahrheiten, manipuliert von Goebbels und Hitler ... Deutsche, Rehabilitierung für die Arbeit erwartet Sie. Sie werden in ein Arbeitslager aufgenommen, in dem jeder von Ihnen bis zum Ende des Krieges eine anständige Arbeit findet. .Du wirst gut behandelt, aber das gleiche Verhalten wird von dir verlangt.Sonst vergiss nicht, du wirst erschossen.Seit gestern der Tod dich verfolgt, hast du es geschafft, dich zu retten.

Die Deutschen waren fassungslos. Was hatte das alles zu bedeuten? Eine Scheinschießerei gefolgt von einer kurzen Rede, die Ihnen einen angenehmen Aufenthalt in den Konzentrationslagern wünscht. Was dieser Propagandadienst-Beamte gesagt hatte, war nichts anderes, als anzukündigen, dass sie in einem Konzentrationslager interniert würden.

Drei schicksalhafte Worte, Konzentrationslager. Sie bedeuteten Schmerz, Tod, Leiden ...

Bis der Krieg endete, bis das Ende kam ...

"Richtig,.!! Auf geht's...!! März weiter!!

Sie gehorchten. Zu Beginn des Marsches, das Tempo vorgebend, ließen sie die beiden im Schlamm zurück, die der Angst nicht widerstehen konnten. Einer von ihnen war gestorben. Sein Herz explodierte, unfähig, den Tod von Angesicht zu Angesicht kalt zu ertragen. Der andere war nichts weiter als ein armer Verrückter.

Als sie vorrückten, war die Front hinter ihnen und sie näherten sich dem Konzentrationslager. Was erwartete sie dort? fragten sie sich. Nur eine Antwort war möglich: Leiden.

* * *

Sie kamen an eine Landstraße, wo eine ziemlich große Gruppe deutscher Gefangener auf sie wartete. Im Großen und Ganzen sahen sie erbärmlich aus. Zerfetzte Kleider, kaputte Schuhe, dreckig, mit mehrtägigem Bart, schlaffe Wangen, der Traum spiegelt sich in den Pupillen ...

Nach ein paar Minuten Ruhe begannen sie wieder zu laufen. Sie rückten auf beiden Seiten der Straße nacheinander vor und versenkten ihre Füße im Watt. Als sie sich von der Front entfernten, nahm ihre Zahl zu. Zu ihnen gesellten sich weitere Häftlingsgruppen.

Alles war zusammengebrochen. Die deutschen Linien konnten dem ersten russischen Angriff nicht widerstehen. Es war der Beginn der großen Niederlage in Russland. Es wäre schwer, sie zurückzudrängen, aber es würde ihnen gelingen.

Mittags hielten sie in einem völlig zerstörten Dorf. Die Isbas zeigten, dass ihre Wände verbrannt und eingestürzt waren. Die dicken Holzbalken waren verkohlte Überreste. An dieser Stelle wurden

Feldküchen eingerichtet und eine Kartoffelsuppe mit Pferdefleischstücken serviert.

Eine halbe Stunde durften sie sich ausruhen.

Neue Häftlingsgruppen trafen ein und die Pause dauerte bis zu zwei Stunden. Die Deutschen hatten Zeit zum Meinungsaustausch. Die meisten von ihnen wurden dem simulierten Maschinengewehr ausgesetzt. Sie erzählten von Männern, die verrückt geworden waren. Von anderen, die in einem Wutanfall gegen diejenigen rannten, die mit dem Maschinengewehr dienten, und dann den Tod fanden ...

In der Pause, der langen Pause, strahlten in der ganzen Stadt verteilte Lautsprecher ständig Kriegsnachrichten und russische patriotische Musik aus.

Nach Angaben des sowjetischen Informations- und Propagandadienstes hatten die deutschen Truppen einen hastigen Rückzug begonnen und die Stellungen aufgegeben, die sie in der Nacht hartnäckig verteidigt hatten.

Mayer, auf dem Boden sitzend, mit dem Rücken gegen die verkohlte Wand einer Isba gelehnt, murmelte:

"Und das?

Alles war ihm schon gleichgültig. Er kümmerte sich um nichts anderes als das Ende des Krieges, das endgültige Ende.

Neben ihm spielte Gelaute mit einem verbrannten Holzstück.

„Lieutenant, was passiert jetzt?" fragte er.

„Ich bin kein Leutnant mehr, Gelaute... Ich weiß nicht, was passieren wird. Ich glaube nicht, dass uns eine sehr rosige Zukunft erwartet, aber ...

Gelaute zuckte krampfhaft mit dem Kinn. Er würde diese nervöse Geste niemals aufgeben. Es wäre der externe Speicher des Mock-Shootings.

Die Lautsprecher hörten auf, Musik zu spielen, und eine Stimme in perfektem Deutsch, laut und angenehm, trat an ihre Stelle.

Deutsche Freunde; Erlauben Sie mir, Sie im Namen aller Genossen zu begrüßen, die vor Ihnen das Glück hatten, gefangen genommen zu werden und die derzeit auf den sowjetischen Feldern arbeiten, einen Boden, einen vernünftigen Zeitplan, eine gute und gesunde Ernährung genießen. und eine ehrerbietige und exquisite Behandlung ... In drei Stunden besteigen Sie einen Viehzug. Gestatten Sie mir, die Entschuldigungen der Sowjetregierung für die Benutzung eines solchen Zuges darzulegen, aber wir haben derzeit keinen anderen zur Verfügung. Morgen, im Morgengrauen, erreichen Sie Ihr Ziel. Sie werden mit größter Rücksichtnahme behandelt und im Gegenzug nur um einen Gefallen gebeten: volle Hingabe an Ihre Arbeit ... In allen Arbeitsbereichen finden Sie Landsleute, die wie ich rechtzeitig verstanden haben, dass Hitler unsere Führung Menschen zum kollektiven Selbstmord und wir sind gekommen, um ihn zu bekämpfen ... Willkommen zurück.

Die Stimme verstummte und die Takte der sowjetischen Hymne begannen. Alle Gefangenen mussten aufstehen.

Sie durften nicht mehr sitzen. Sie formierten sich wieder und begannen wieder zu laufen.

Wenige Stunden später wurden sie in Viehtransportwagen eingesperrt und rollten in Richtung Süden Russlands, mit unbekanntem Ziel. Jeder Wagen enthielt etwa zweihundert Mann. Stehend, unfähig, auf dem Boden zu liegen, um sich auszuruhen. Das war das erste Mal, dass Mayer auf den Beinen schlafen konnte. Er tat es einige Minuten lang, von Erschöpfung überwältigt.

Um vier Uhr morgens, nachts schwarz, kamen sie an einem Platz auf dem Feld an, fernab von jeglicher Bauart. Sie ließen sie herabsteigen und sich wieder formen.

Es waren ungefähr tausend Männer.

Zu Fuß begannen sie den Marsch. Bald merkten sie, dass sie einen Berg bestiegen. Das sogenannte "Arbeitslager" war in den Höhen.

Es dämmerte, als sie ankamen.

Der Stacheldraht vervielfachte sich bis ins Unendliche. Die Kontrolltürme wurden häufig wiederholt. Sie sahen Wächter mit Hunden. Scheinwerfer, die durch die Zwischenräume des Landes zwischen den Hindernissen liefen.

Die Gefangenen bewegten sich entlang einer Straße, die breit genug war, um die Lastwagen passieren zu lassen. Der Stacheldraht und die Zäune schlossen sich am Straßenrand. Das war der einzige Schritt im Arbeitslager.

Eine Barriere wurde errichtet.

Als Mayer unter ihr ging, erkannte sie, dass er in Kriegsgefangenschaft war. Es gab keine Fluchtmöglichkeiten mehr.

Da war nur Platz, als einzige Befreiung der Tod.

III

Die Dinge waren ganz anders als die Angaben des deutschen Informations- und Propagandadienstes,

Sie wurden in Baracken verteilt und durften auf ihren Etagenbetten liegen, während sie die Listen erstellten.

Mayer, Gelaute und Duckstein belegten zusammen drei Kojen übereinander. Das würde die drei Männer näher zusammenbringen. Auf dem Land herrschte der Geist einer Kaserne; die Häftlinge merkten ein wenig, was in den anderen Baracken vor sich ging. Sie interessierten sich nur für das, was in ihrem geschah. Und über dem Geist der Kaserne gab es eine innige Verbindung der Männer, die ständig in denselben Etagenbetten zusammenlebten.

Die Baracken waren groß, rechteckig. Jeder von ihnen hielt dreihundert Gefangene. Im Lager Boringezov gab es mehr als fünfzehn Baracken.

Der eigentliche Empfang wurde von Ygenev, dem Chef der Kaserne, gegeben. Er war ein russischer Bauer, breitschultrig, anfällig für Fettleibigkeit. Seine kurzen, stummelfingrigen Hände sahen aus wie Fettsäcke. Sein Gesicht war oval. Ihre kleinen Augen bewegten sich unruhig und sahen sich um. Er trug immer in seiner Hand, mit einem Riemen an seinem Handgelenk befestigt, eine lange und dünne Lederpeitsche, in der sich eine Stahlstange befand. Manchmal schnitt er damit die Luft ein und erzeugte ein beunruhigendes Zischen.

Ygenev sprach ganz perfekt Deutsch.

Als er die Kaserne betrat, gab einer der russischen Soldaten, die die Zählung und Zugehörigkeit der Gefangenen leiteten, den Befehl.

"Stehend...!! Schnell!!

Sie alle gehorchten. Sie standen bei den Etagenbetten im Flur zwischen ihnen. Ygenev ging durch die Gruppe der Deutschen und ging zum gegenüberliegenden Ende der Kaserne. Von dort betrachtete er sie langsam, einen nach dem anderen. Minutenlang herrschte absolute Stille. Auch die Russen blieben standhaft. Endlich verschaffte Ygenev seiner Stimme Gehör.

„Hör mir alle zu" er hielt für ein paar Sekunden inne. Es war seine kalte, metallische Stimme, fast gleichgültig". Ich möchte, dass Sie eines wissen: Ein Schwein ist viel wichtiger als Sie. Ein Schwein kann gegessen werden und Sie nicht... Wir behandeln Schweine mit Tritten. Wir werden Sie schlechter behandeln, sobald der geringste Mangel an Disziplin auftritt. Vergessen Sie nicht, was ich Ihnen sagen werde: Sie haben kein Recht auf irgendetwas; Sie sind Kriegsgefangene; Wenn ich will, kann ich dich töten. Niemand wird mich um Erklärungen bitten ... Und ich werde es tun, sobald ich es für richtig halte.

Diese Worte, kalt gesprochen, klangen wie Fäuste. Es waren keine Drohungen eines empörten Mannes. Es waren keine Phrasen, die im momentanen Ausbruch geboren wurden. Es waren bewusste Drohungen, ausgesprochen von einem Mann, der sich seiner Worte sicher war.

Ygenev trat durch die Gefangenen und ging zur Tür. Bevor er die Kaserne verließ, wandte er sich wieder den Deutschen zu.

„Denken Sie immer daran, während Sie in dieser Kaserne sind: Sie sind keine Männer; Ihr seid Bestien.

Dann ist es verschwunden. Die Russen ordneten Ruhe an und setzten die Verwaltungsoperationen fort. Für jeden Gefangenen wurde eine Akte erstellt, in der seine äußeren Merkmale beschrieben und seine Fingerabdrücke gemacht wurden.

Er hatte die Karten am Vormittag fertig gemacht.

Ihnen wurde befohlen, sich auszuziehen, und dann wurden sie in einer Reihe zu den Duschen gebracht, die in einer anderen Baracke untergebracht waren.

Als sie dorthin geführt wurden, erlebten die Häftlinge ihre erste Überraschung: Es waren Frauen im Lager. Sie sahen sie Schubkarren schleppen und Pelze transportieren.

Die Duschen bestanden aus langen Rohren, die durch die Baracken verliefen, perforiert, aus denen kaltes, fast eiskaltes Wasser herauskam. Sie waren gezwungen, sich unter sie zu stellen und dem Partner vor ihnen den Rücken zu reiben, während der hinter ihnen dasselbe tat.

Die Bestellungen waren konstant.

„Sei still...!! Dreh dich um...!! Komm schon, schnell!!

Die Russen gingen lange Korridore, die über den Rohren hingen, von wo aus sie das Geschehen perfekt überwachen konnten. Diese Folter dauerte fast zwanzig Minuten. Die Deutschen spürten, wie sich ihre Muskeln versteiften. Das kalte Wasser sickerte in sie und biss auf ihre Haut.

Endlich hörte das Wasser auf zu fließen. Sie waren praktisch so schmutzig wie beim Betreten. Auf Befehl verließen sie die Kaserne und gingen ins Freie. Sie ließen sie sich wieder aufstellen und befahlen ihnen, die Reihen zu öffnen.

Während sie trockneten, begann die Haarschnitt-Operation. Die Maschinen, die von unerfahrenen russischen Soldaten bedient wurden, kämpften gegen massenweise nasse Haare. Bei jeder Vorwärtsbewegung wurde eine Handvoll Haare ausgerissen.

Die Gefangenen fühlten sich erschöpft, müde, hungrig.

Vor ihnen gingen weiterhin Frauen vorbei, die Schubkarren schleppten. Sie trugen blaue Hosen und Jacken derselben Farbe, alle aus grober Kleidung. Auch sie hatten ihre Haare verloren. Ihre kahlen Köpfe ließen sie hässlich aussehen.

Mayer war überrascht, dass die Frauen an ihnen vorbeigingen, ohne sie kaum anzusehen, als wären sie an das Schauspiel Hunderter nackter Männer gewöhnt.

Als die "Rasieroperation" vorbei war, machten sie sich auf den Weg zurück in die Kaserne. Dort auf den Betten fanden sie Kleider und Schuhe.

„Ränge brechen!!... Still, Still!!

Schweigen war eine weitere Folter im Lager Boringezov. Eine ständige Stille, fast absolut.

Sie zogen sich an, wie sie konnten. Praktisch nur wenige fanden Kleidung, die zu ihnen passte.

In Puppen verwandelt, wurden sie zum Quartiermeister gebracht. Dort bekamen sie einen Messingteller und einen Löffel; Seife zum Waschen, einen kleinen Riegel und das Namensschild.

Mit dem Teller marschierten sie zur zentralen Esplanade des Feldes, wo die Feldküchen aufgestellt waren. Große Töpfe rauchten. Mehrere russische Soldaten rührten den Inhalt mit Kochtöpfen um.

Die Reihen der Gefangenen begannen vorzurücken.

Männer und Frauen waren etwa fünf Meter voneinander entfernt. Russen schritten durch den Raum zwischen ihnen, bereit zu verhindern, dass Worte zwischen ihnen übergingen. Sie erlaubten leichte Gesten, ein Lächeln, aber das war Teil derjSowjetisches Feuer. Die Gefangenen waren nur eine weitere Folter im Lager. Es ist verboten, mit ihnen zu sprechen. Es ist verboten, sich ihnen zu nähern. Aber der Austausch eines Lächelns war erlaubt. Sie ließen zu, dass ein Schloss in der Luft geboren wurde, das durch Begierde ermutigt wurde, aber sie verhinderten, dass Begierde wahr und in Folter verwandelt wurde.

Mayer bemerkte ein Mädchen, dessen Wange eine noch frische Narbe trug. Ich war auf seiner Höhe. Sie sah ihn einen Moment lang an, nur einen Moment. Seine Augen waren traurig. Sehr traurig. Die Reihen rückten langsam vor. Die Russen stellten einen Topf Kartoffelsuppe auf den Teller und verteilten an jeden Gefangenen 150 Gramm eines Teigs, der entfernt wie Brot war.

Als Mayer seine Ration erhielt, war dieses Mädchen bei den Hunden, um ihre Ration zu bekommen. Mayer sah sie an. Ygenev, der Chef der Kaserne, folgte dem Blick des Deutschen und lächelte, als er den Gefangenen ansah.

Die Deutschen kehrten in ihre Kasernen zurück. Sie durften eine halbe Stunde essen und sich unterhalten. Die Veteranen des Feldes zeigten ihnen den Trick, um die Mahlzeit zu verlängern: Sie bestand darin, der heißen Suppe etwas Wasser zuzugeben und dann das Brot in der Flüssigkeit zu brechen, wodurch eine kompakte, bräunliche Masse entstand, die den Magen füllte.

Am Nachmittag wurden die neuen Häftlinge an ihren Arbeitsplatz gebracht.

Schuhe wurden für die Armee hergestellt. Die riesigen Schiffe, in denen sie arbeiteten, rochen oder stanken nach Leder. Jeder Mann hatte einen Platz in dieser komplexen Gruppe. Es gab ein paar Maschinen. Die meiste Arbeit war manuell. Es war schwierig, dicke Leder mit Stahlnadeln zu durchbohren. Dann verstand Mayer, warum Frauen aufs Schleppen standen.

Sie wurden beauftragt, beim Nähen zu helfen. Er musste in kürzester Zeit lernen, was seine zukünftige Arbeit sein sollte. Sein Lehrer war ein Berliner Sprachlehrer. Ein erschöpfter vierzigjähriger Mann mit kehliger Stimme, der fünfzehn Jahre älter zu sein schien, als er tatsächlich war.

Mitten am Nachmittag kam eine Frau mit einer Schubkarre voller Schuhsohlen auf sie zu. Diese fast haarlose Frau hatte eine Narbe auf ihrer Wange. Narbe noch frisch. Es war derselbe, den er mittags bemerkte.

Mayer machte die Geste, ihr zu helfen.

„Achtung", warnte ihn der Berliner.

Aber Mayer ignorierte ihn und nahm das erste Bündel Sohlen.

Ein Russe kam auf ihn zugelaufen und schlug ihm mit dem Gewehrkolben auf die Hände, wobei ihm die Sohlen abgerissen wurden. Er schrie etwas in seiner Sprache und stieß ihn gegen den Arbeitstisch des Berliners.

Zwei weitere Wachen trafen ein. Einer sprach etwas Deutsch.

„Verboten!... Verboten!... Geh zurück zu deiner Arbeit! "Schrei.

Das Mädchen fixierte Mayer mit ihren großen, schönen Augen. Kein einziges Wort ging zwischen ihnen, aber die Augen sprachen. Sie dankte ihm für die Geste und entschuldigte sich für die Schläge, die sie gerade wegen ihm erhalten hatte.

Mayer lächelte, streichelte seine schmerzenden Handgelenke und wandte sich wieder seiner Arbeit zu.

Sie lud die Schubkarre ab und ging. Die Russen setzten ihre Wachsamkeit fort.

Der Berliner murmelte, als erkläre er etwas über die Arbeit:

„Vergiss sie, Junge... Viele wurden von einer Frau getötet, mit der sie nur Blicke ausgetauscht hatten... Diese russischen Frauen sind gefährlich.

„Russische Frauen?

„Ja... Mütter, Schwestern, Ehefrauen oder Töchter von denen, die den Kommunismus innerhalb Russlands bekämpfen oder an der Seite Hitlers kämpfen.

„Ich verstehe", murmelte Mayer.

"Frauen, als gäbe es sie nicht ... Sie sind nur für sie da, die herrschen", definierte er.

Der Gedanke, dass das Mädchen mit der Narbe von einem Russen besessen sein könnte, ließ ihn frösteln.

* * *

Um zehn war der Arbeitstag zu Ende. Achtzehn Stunden am Tag.

Das Abendessen, Kartoffelsuppe und 150 Gramm Brot, wurde in der Kaserne serviert.

Bis elf Uhr blieben die Lichter offen und die Gefangenen durften sprechen.

Mayer legte sich auf sein Feldbett. Gelaute saß unten und Duckstein hockte vor ihnen. Sie waren nicht mehr, ein Leutnant und zwei Soldaten. Sie waren Gefangene, nur Gefangene, fast ohne Lebensrecht.

Sie wollten kaum sprechen. Sie fühlten sich erschöpft. Es war Gelaute, die murmelte:

„Wann wird das alles enden?

Aber er erhielt keine Antwort. Das Ende, wenn sie auf das Ende des Krieges warten sollten, war weit entfernt.

* * *

Das Wetter besserte sich langsam. Fünfzehn Tage nach der Ankunft der neuen Häftlinge in Boringezov war der Schlamm verhärtet, getrocknet und das Wetter besserte sich sichtlich. Es dämmerte früher und das Licht blieb bis später an.

Mayer war noch der Schuhsohlennäherei zugeordnet. Gelaute zum Schneiden von Schablonen und Duckstein zum Gerben. Sie arbeiteten an verschiedenen Orten, aber die Freundschaft zwischen den dreien wuchs, bis sie unzertrennlich wurde. Sie trafen sich jeden Mittag und in der Nacht.

Auch jeden Mittag sah Mayer das Mädchen mit der Narbe auf der Wange. Haare begannen den Kopf der Gefangenen zu bedecken, was sie angenehmer aussehen ließ. Sie lächelte ihn an, und Mayer wollte mit ihr sprechen, ihr sagen, dass er Mayer heiße, dass er den Krieg hasste, dass sie eines Tages frei sein würden. Er war sich sicher, dass auch sie vor Verlangen brannte, ihm ihre Sachen zu erzählen, ihm ihre Träume zu erzählen. Aber zwischen ihnen stand die unpassierbare Mauer von fünf Metern.

Doch eines Tages war es anders und er konnte sie erreichen und seine Hand auf sie legen.

Es war Mittag. Die Reihen der Gefangenen rückten langsam vor, hoben den Topf Kartoffelsuppe und das Stück Brot auf. Sie beobachtete ihn, als er vorrückte. Sie erreichte die Würfel kurz vor

Mayer und schob den Gefangenen versehentlich vor sich her. Sie war eine aufbrausende fünfzigjährige Frau, die bereits zweimal wegen Übergriffen auf Kollegen unter Quarantäne gestellt worden war.

Die Suppe dieser Frau fiel teilweise zu Boden, als ihr Begleiter sie schob. Sei gerührt wie eine Löwin und schubste sie. Das Mädchen mit der Narbe auf der Wange taumelte, wich zurück, stolperte über einen Stein und verlor beinahe das Gleichgewicht. Er versuchte es zu vermeiden und wich noch weiter zurück. Und da legten sich Mayers Arme um sie, damit sie nicht hinfiel.

Wie ein elektrischer Funke lief es durch ihre Körper, wenn sie sich berührten.

Ygenjew, der Chef der Kaserne, kam wie vom Blitz getroffen heraus. Seine Hand fiel schwer auf ihre Schulter und riss sie aus Mayers Armen. Er schüttelte sie wie eine kraftlose Puppe und schlug ihr mit einer gewaltigen Ohrfeige auf die Wange. Sie heulte vor Schmerz. Und der Schrei schien Ygenev noch mehr zu entzünden, der wieder die Hand hob.

Er hatte keine Zeit zuzuschlagen. Einer der Gefangenen verließ die Linie und sprang auf ihn. Alle waren sprachlos vor Überraschung.

Mayer ergriff Ygenevs pralle Hand, zog sich zurück und drehte ihn herum. Der Kasernenchef zögerte für den Bruchteil einer Sekunde, überrascht von diesem Wahnsinn. Mayer nutzte die Zehntelsekunden. Seine rechte Faust schoss heraus, um Ygenevs Gesicht zu suchen.

Aber er fand es nicht. Der Russe zeigte eine überraschende Beweglichkeit, die für einen fettigen Mann wie ihn untypisch war. Er legte den Kopf schief, wich dem Schlag aus und hob die rechte Hand, um nach der Reitgerte zu suchen, die an seinem Handgelenk festgebunden war. Er schloss die Finger um den Griff, hob ihn und versetzte ihm den Hieb. Der Zauberstab pfiff, Mayer sprang zurück und versuchte, dem Schlag auszuweichen, und es gelang ihm nur teilweise. Die Spitze des Zauberstabs streichelte seine Kleidung und zerriss sie wie die scharfe Klinge eines Messers. Ygenev startete den

Angriff erneut. Der Stock schlug Mayer in den Kopf, und er versuchte, sich mit den Armen zu bedecken. Bei dem Treffer heulte er vor Schmerz auf und trat einen Schritt zurück. Ygenev streckte seinen Fuß hart aus und rammte ihn zwischen Mayers Beine.

Der Deutsche brüllte schmerzhaft und ging in die Hocke. Der Russe griff in einem Wirbelwind an. Seine linke Faust schlug gnadenlos auf ihn ein, als er die Rute entlud. Mayer brach nicht ganz zusammen. Er hielt dem Schlagregen stand, der ihm ins Gesicht schlug. Die rechte Augenbraue blähte sich und Blut quoll heraus. Ein weiterer Schlag schien seine Nase zum Bersten zu bringen, was einen Blutrausch verursachte.

Ygenev keuchte. Ich war verrückt. Er vergaß den Stock, der ihm aus der Hand glitt und konzentrierte seine ganze Kraft auf seine Fäuste, die er gnadenlos entfesselte.

Mayer, hockend, taumelnd. Aber es fiel nicht. Es war absurd, dass er sein Bestes versuchte, nicht zusammenzubrechen. Dies machte Ygenev wütend, der ihn weiter schlug. Die Fäuste des Russen waren blutig.

Das Mädchen mit der Narbe auf der Wange stöhnte vor Schmerzen bei jedem Schlag, den Mayer erhielt, als ob die Schläge auf sie fielen.

Am Ende hielt der Deutsche nicht mehr durch. Ein kräftiger Schlag traf seine Nase und warf ihn zu Boden.

Ygenev warf sich auf Mayer und trat ihm ins Gesicht, was ihn auf die Wange traf und sie zerriss. Ein weiterer Tritt krachte in die Kehle des Gefangenen.

Mayer rührte sich wie verrückt. Mit aufgerissenem Mund suchte sie nach Luft zum Atmen, Luft für ihre Lungen. Er rollte sich auf dem Boden herum und hielt den wunden Teil mit beiden Händen fest.

Ygenev schien sich zu beruhigen. Keuchend sah er sich um. Die Gefangenen waren unbeweglich.

"Weiter weiter...! Essen wird kalt! Der Russe schrie. Und dann gestikulierte er auf einige der Wachen und fügte hinzu: „Bring das hier raus. Bring ihn in die Krankenstation.

IV

Als er das Bewusstsein wiedererlangte, lag er auf der Krankenstation. Er spürte, wie eine Hand seine Lippen öffnete und etwas in seinen Mund steckte. Eine Stimme sagte:

„Es ist das Thermometer. Brechen Sie es nicht.

Die Stimme war weiblich. Er öffnete die Augen. Mayer dachte, er sei vor dem Mädchen mit der Narbe. Aber er sah eine unbekannte, nicht sehr große Frau mit ovalem Gesicht, die ihn lächelnd ansah.

„Wo...?", fing Mayer an zu sagen.

„Im Feldkrankenbau", erwiderte er in perfektem Deutsch. „Sie ist unter Freunden, keine Angst... ich bin Deutsche. Ich wurde von den Russen in der Nähe von Moskau gefangen genommen... Jetzt sei still und ruh dich aus, mach dir keine Sorgen. Du hast noch zwei Tage hier zu sein.

Sie deckte ihn mit den Decken zu und ging. Mayer starrte auf die kahlen, weiß getünchten Wände des Zimmers, in dem er stand. Der obere Teil der Wände, die ihn isolierten, reichte nicht bis zur Decke und ließ eine Lücke von zwölf Zoll. Über ihm war das Dach des Schlafhauses. Die Klagen eines Verwundeten sickerten durch die Lücke.

Zwei Minuten später kam die Schwester. Er nahm das Thermometer ab, betrachtete es und lächelte.

„Du hast dich gut erholt, Mayer... In zwei Tagen bist du wieder bei der Arbeit.

„Ich werde zu schwach sein.

„Drei Tage ist die maximale Aufenthaltsdauer in dieser Krankenstation. Am vierten Tag wird dem Gefangenen Öl gespritzt und er stirbt nach zwei Stunden. Es tut mir sehr leid, aber es ist so ... "und mit gesenkter Stimme fügte er hinzu": Sinii hat mir das für dich gegeben.

Er hob die Decke hoch und legte etwas darunter, neben Mayer. Er tastete herum, bis er nahm, was die Schwester ihm gab. Es war ein Stück Brot.

„Wer ist Sinii?", murmelte er.

„Die Russin, die mit der Narbe... Sie war vor drei Wochen hier, als Folge eines Tritts, der ihre Wange öffnete. Sie ist ein sehr gutes Mädchen, Sie werden sehen.

„Wann? Enttäuschung spiegelte sich in Mayers Stimme wider.

„Eines Tages. Glaub es, das kann nicht ewig dauern. Es wird natürlich enden, du wirst sehen.

„Oder ich sehe es nicht", flüsterte Mayer und umklammerte Siniis Brot. Auf dem Feld stellten die 150 Gramm Brot die einzige feste Nahrung dar, die gegessen wurde. Sie aufzugeben bedeutete, einen unangenehmen Tag zu haben, der Hunger nagte am Bauch. Er hatte den Eindruck, dass das Brot Siniis Hand war und drückte es fest.

Die Schwester wollte weggehen, aber Mayer hielt sie auf.

"Hör mal zu...

„Mein Name ist Ursula.

„Hör zu, Ursula, eins würde ich gerne wissen: Wo wohnt Sinii?

„In der zweiten Frauenbaracke. Aber versuchen Sie nicht, es zu sehen ... Der Stacheldraht ist elektrisiert. Ich würde sterben.

„Vielleicht kann ich sie eines Tages finden... Danke ihr für das Brot.

„Das werde ich, fürchte dich nicht. Ich schlafe in derselben Baracke.

Ursula ging. Mayer spielte mit dem Brot, streichelte es. Auch der Hunger spielte mit seinen Eingeweiden, aber er hielt sich zurück.

Er schlief ein und fühlte neben seinem Körper die einhundertfünfzig Gramm Brot, die Sinii für ihn aufbewahrt hatte.

* * *

Am dritten Tag verließ er die Krankenstation. Er verbrachte die Nacht schlafend. Gelaute und Duckstein wachten über seinen Traum. Die beiden Freunde hatten einen Teil seiner Brotration für ihn reserviert.

Am nächsten Morgen kehrte er zu seinem Job in der Schuhfabrik zurück.

Ungeduldig wartete er auf den Mittag. Mit der Zeit schlug sein Puls stärker. Ich würde Sinii wiedersehen. Sinii. Schöner Name. Es klang gut, sehr gut, dachte er.

Er berechnete die Zeit für die geleistete Arbeit. Es konnte nicht mehr lange dauern. Er war überrascht, nicht zu sehen, wie sie die Schubkarre über die Arbeitstische schleppte.

Endlich dröhnte die Feldsirene durch die Luft und signalisierte, dass der Tag vorbei war. Er verließ seinen Posten, der vor der Tür aufgereiht war, und sie marschierten in Formation auf die Kaserne zu, um Teller und Löffel einzusammeln. Dann gingen sie zum zentralen Hof des Feldes.

Und da sah er sie.

Sinii war wieder haarlos. Sein grauer, kahlköpfiger Kopf zeigte die Schatten der Adern.

Mayer lächelte und begrüßte sie. Dann verschränkte er seine Hände fest, als würde er sie umarmen.

Sinii, als er ihn wiedersah, tat es ihm leid. Mayers Gesicht war eine zerschrammte Masse, stellenweise gelb, an Kinn und Wangenknochen violett. Die gespaltene rechte Augenbraue war noch nicht verheilt.

Die Reihen rückten langsam auf die Würfel zu.

Ygenev war bei ihnen. Er sah Mayer ins Gesicht und spuckte dann scheinbar aus. Als der Deutsche an seiner Seite war, murmelte er:

„Das nächste Mal werde ich dich töten.

Sie füllten den Teller mit einem Topf Kartoffelsuppe. Mayer hob das Brot auf und begann es aufzulösen, wobei er die Krümel in die Suppe schüttete. Er steuerte auf die Kaserne zu. Ygenev folgte ihm mit den Augen.

Als er das Schlafhaus erreichte, ließ er sich auf die Pritsche fallen. Dann stand er auf und begann die Suppe zu essen. Gelaute und Duckstein kamen sehr früh.

"Seien Sie vorsichtig", sagte der erste von ihnen. Ygenevs Schwein lässt dich nicht aus den Augen.

„Versuchen Sie, ihm auszuweichen", murmelte Duckstein. Ich denke, er wird dich töten, sobald er die Gelegenheit dazu bekommt.

Mayer sah sie an. Er lächelte, aber seine Mundgeruch war tragisch, unangenehm. Seine lila Lippen hielten ihn fast abstoßend.

„Ist es nicht wunderbar?", fragte er sie, während er noch aß.

„Vergiss sie... Sie sind Teil der Folter. Sie dienen den Russen unwissentlich als Instrument.

„Ihr Name ist Sinii... Schöner Name, oder?

„Erinnere dich nicht an sie. Denk nicht an sie ... Es wird dein Unglück sein.

„Leicht gesagt, Duckstein, aber schwer zu machen. Ich glaube, du hast deine Marta nicht vergessen.

"Meine Frau ist weit weg; es beunruhigt mich, es macht mich unruhig, aber ich kann nichts für sie tun. Du kannst versuchen, Sinii zu helfen. Und das solltest du vermeiden, denn wenn du es versuchst ...

„Er wohnt in Baracke Nummer zwei. Ursula ist auch da", flüsterte Mayer.

„Wer ist Ursula?", fragte Gelaute.

"Ein Landsmann. Krankenschwester; fiel in die Macht von "Ivan" beim Sturm auf Moskau.

Duckstein brach das Gespräch ab.

„Es ist uns egal, wer es ist, Mayer... Wir sind nur daran interessiert, die Haut zu retten, das alles zu beenden... Weglaufen.

"Weglaufen? "Wie ein Echo Mayer wiederholt." Weißt du, was du sagst...? Erinnerst du dich an den Stacheldraht, den wir gesehen haben, als wir unsere Ankunft zitiert haben? Und die Checkpoints? Und Hunde...? Wir sind in einer Mausefalle. Zu fliehen... ist zu sterben.

"Es heißt, dass es wenige Wochen vor unserer Ankunft zwei Deutschen gelungen sei, zu fliehen", beharrte Duckstein.

"Sprich deutlicher", bat Gelaute.

"Ich kann nicht, ich weiß nichts genau ... Vielleicht weiß ich in ein paar Wochen etwas anderes.

Mayer sah Gelute an. Dann sahen die beiden Duckstein an, der zu bereuen schien, was er gesagt hatte.

In diesem Moment ertönten die Sirenen und signalisierten, dass es Zeit war, sich an die Arbeit zu machen. Als sie die Kaserne verlassen wollten, packte Duckstein ihn an den Ellbogen und murmelte:

„Nach allem, was ich Ihnen gesagt habe, sagen Sie niemandem etwas ... Das Leben vieler Menschen ist damit verbunden.

„Sekunden später bildeten sie sich.

* * *

Das Leben ging genauso hart weiter. Die Tage vergingen langsam. Die Wochen vergingen. Alles war gleich.

Manchmal kamen neue Gefangene. Es war schwierig, mit ihnen zu sprechen, und die kleinen Neuigkeiten, die sie brachten, liefen von Mund zu Mund, verzerrt von Phantasie und Verlangen. Innerhalb des Lagers existierten Nazigruppen, die versuchten, ihre Kameraden zu kontrollieren, mit der Drohung, dass sie, wenn Hitler sie befreite, eine Säuberung der Häftlinge verlangen würden.

Es gab auch Anti-Hitler-Gruppen. Und Antikommunisten, die größtenteils aus versklavten Russen bestehen.

Der Arbeitstag wurde um eine Stunde verlängert, so dass praktisch keine Zeit für etwas anderes als zum Schlafen blieb. Die Männer fielen erschöpft auf ihre Feldbetten. Und am nächsten Tag mussten sie um jeden Preis auf ihrem Posten sein, wenn sie nicht riskieren wollten, ins Feldkrankenhaus geschickt zu werden, von dem nur wenige lebend herauskamen.

Mayer hatte nur eine Hoffnung: Ducksteins Gesicht. Sie beobachtete ihn ständig und wartete auf die Möglichkeit, die er andeutete: Flucht.

Eine andere Sache, die sich auf dem Gebiet änderte, war die Lektüre des Kriegsberichts. Jeden Tag, bevor sie zur Arbeit gingen, wurden alle Häftlinge auf der zentralen Esplanade versammelt und der Kriegsbericht gelesen. Nach den Informationen der Russen, "um falsche Nachrichten und Unwahrheiten zu vermeiden", wie sie sagten, rückten die sowjetischen Truppen vor, besiegten die gesamte Linie, brachen die Fronten und nahmen Tausende von Gefangenen gefangen, die in die Arbeitslager in wo sie eine Beschäftigung und die notwendige Versorgung im Verletzungsfall erhielten.

Die Sorgen die die Verwundeten erhielten, war allen bekannt: die Injektion von Öl. Der Beruf kann vielfältig sein: in den Minen arbeiten, Panzer bauen, Kleidung herstellen, Schuhe herstellen ...

Doch eines Morgens im Spätsommer wurden sie direkt in die Werkstätten gebracht. Es war das Ereignis des Tages: das Fehlen des Kriegsberichts, dieser Karikatur von Kriegsinformationen.

Sie verbanden es mit den neuesten Nachrichten, die durch die neu aufgenommenen Häftlinge im Lager angekommen waren. Die deutsche Armee hatte sich zum Angriff vorbereitet. Riesige Truppenkontingente waren im Rücken konzentriert, um einen Blitzkriegsfeldzug zu starten, der es ermöglichen sollte, den in den letzten Monaten verlorenen Boden zurückzugewinnen.

Der Umbruch war enorm.

Einige Häftlinge, die in den Kommandogebäuden beschäftigt waren, fügten hinzu, dass sie Unbehagen und Angst bemerkt hätten. Es wurde sogar daran gedacht, irgendwann zu einem Transfer vom Feld überzugehen. Diese Nachricht wurde jedoch als falsch abgetan, als man erfuhr, dass am ersten Tag, wie jeden Anfang des Monats, die Lastwagen mit den jungfräulichen Häuten ankommen würden, die zur Gerberei fuhren.

Diese riesigen Fahrzeuge beluden die im Laufe des Monats hergestellten Schuhe und fuhren am zweiten los. Sie blieben eine Nacht auf dem Feld.

Am 28. September lagen Mayer und Gelaute auf ihren Etagenbetten und versuchten, in wenigen Stunden die während des ganzen Arbeitstages verlorene Kraft zurückzugewinnen.

Als Duckstein ankam, setzte er sich auf Mayers Bettkante und begann seine Schuhe auszuziehen.

Und dann murmelte er fast ohne Stimme:

„In drei Nächten ist es der Flug.

Mayers Herz setzte einen Schlag aus. Gelaute, kälter, zerebraler, konnte sich beherrschen und zuckte nicht zusammen.

V

Der neunundzwanzigste Tag verging und der dreißigste. In den zwei Tagen ist nichts Auffälliges passiert. Und doch spürten die Gefangenen, dass etwas passieren würde. Die Nachrichten liefen verzerrt. Es hieß, deutsche Techniker hätten eine mächtige Waffe entdeckt, mit der die Vereinigten Staaten angegriffen wurden und die innerhalb weniger Stunden die größten amerikanischen Städte zerstörten. Von einem schnellen deutschen Vormarsch an der Ostfront war die Rede. Für Frieden mit allen Verbündeten außer Russland ...

Am Abend des dreißigsten unterhielt sich Duckstein, während sie ihre Kartoffelsuppe tranken, mit seinen beiden Freunden.

„Es gibt nur eines: Unsere Armeen haben überraschend angegriffen und es geschafft, die russische Front zu durchbrechen, sie in eine Tasche zu wickeln und in Richtung Osten vorzurücken. Vor drei Tagen wurde befürchtet, dass die Russen den Angriff nicht eindämmen können. Jetzt haben sich die Dinge geändert und die Fronten haben sich wieder gebildet, weniger als hundert Kilometer von hier entfernt. Hinter den deutschen Linien blieb eine Tasche mit den sowjetischen Soldaten zurück. Ivan versucht erfolglos, die neue Front zu durchbrechen. Und wir werden nicht weiter vorrücken können, ich meine unsere Truppen. Es gibt nur eine Lösung, wenn wir überleben wollen; gehe ihm entgegen.

"Wie?

"Weglaufen. Alles ist geplant. Die Gerberei-Werkstatt hat den Coup vorbereitet. Jeder von uns wird seine Vertrauenspersonen und die in anderen Bereichen arbeiten.

Mayers Herz hämmerte. Er spürte, dass die Freiheit nahe war. Gelaute zuckte krampfhaft mit dem Kinn.

„Ist es möglich, aus dieser Mausefalle herauszukommen? Gelaute flüsterte.

»Morgen kommen die Lastwagen mit der Haut an. Sie werden die Nacht hier verbringen. Um elf Uhr werden wir den Angriff starten ... Wir wissen, dass nur wenige ihr Ziel erreichen werden. Der Rest wird sterben. Aber ich bin sicher, dass sie dies zufrieden tun werden, da sie wissen, dass ihr Tod die Rettung einiger weniger bedeutet.

"Wie ist der Plan?

»Vor elf Uhr werden die Kasernenchefs ermordet. Dann wird es Zeit, den Kommandoposten und den Kontrollposten zu stürmen. Es gibt keinen festen Plan. Es wird versucht, die elektrische Steuerung des gesamten Feldes zu zerstören. Und wenn es nicht möglich ist ... dann schade. Wir werden vorher sterben.

Die drei schwiegen. Schließlich. Mayer murmelte:

„Und die Lastwagen?

„Sie werden für ein paar sein. Wer erfolgreich ist, hat bessere Fluchtchancen.

„Haben wir einen Platz in diesen Lastwagen? Gelaute Silbe.

"Ich weiß nicht.

"Und Sie?

„Niemand hat einen Platz. Es wird den Umständen entsprechend handeln.

„Es wird schrecklich.

„Ja, wir wissen... Der Tod vieler, um ein paar zu retten Wir werden uns um Ygenev kümmern. Dann erklären wir den anderen, was um elf Uhr passieren wird.

"'Wir' werden Ygenev nicht liquidieren", murmelte Mayer. Und er fügte hinzu: "Ich werde derjenige sein, der ihn fertig macht."

„Es muss ohne Lärm sterben.

„Auf diese Weise wird er sterben, keine Sorge, und während er sprach, streichelte er das Handtuch, das sie ihm am Tag seiner Ankunft in Boringezov gegeben hatten.

* * *

Am nächsten Tag, dem 1. Oktober, meldete er sich zu einer ärztlichen Untersuchung an. Er wusste, dass er einhundertfünfzig Gramm Brot verlieren würde, denn dies war die Strafe, die denen auferlegt wurde, die in die Krankenstation gingen und nicht aufgenommen wurden. Aber es war ihm egal.

Dort fand er Ursula.

„Ich muss mit dir reden", flüsterte er, als er an ihr vorbeiging, die die Akten der kranken Gefangenen organisierte.

Mayer war der letzte Kranke. Und während er auf das Ende des drittletzten Besuchs wartete, kam Ursula auf ihn zu.

"Was willst du?

»Bitte sagen Sie Sinii, dass sie heute Abend um elf Uhr beim Stacheldraht ist ... Die Kaserne verlassen, um zu den Latrinen zu gehen, um alles zu tun, außer dort zu sein.

"Warum?

„Frag nicht. Ursula... ich möchte ihr helfen.

„Ich verstehe", murmelte er. „Sonst noch etwas?

„Danke, Ursula. Vielen Dank.

Die Bürotür ging auf. Der Arzt zog den mutmaßlichen Patienten aus einem Stoß.

„Kein Brot!" schrie er wütend.

Mayer kam herein. Er sprach kaum und wusste auch nicht, wie er konkret erklären sollte, wozu er dort gekommen war. Das machte den Arzt nur noch wütender. Er packte ihn mit einer Klaue, zerrte ihn zur Tür und dort trat er ihn und warf ihn aus dem Büro.

„Kein Brot!" schreien.

Ursula nahm die Karte und schrieb die Strafe auf. Er beugte sich über Mayer, als wollte er ihn um Auskunft bitten, flüsterte aber:

"Bist du in Ordnung?

"Úrsula ... Wenn du kannst, versuche um elf Uhr da zu sein", sagte der Deutsche fast stimmlos. Ich werde dich finden", fügte er hinzu, als wäre das das Normalste im Lager Boringezov.

Die Schwester seufzte zufrieden.

„Danke... Wir werden hier an der Tür der Krankenstation auf Sie warten. Die Russen kennen mich und wenn ich Sinii begleite, lassen sie mich passieren. Auch Gefangene werden hier besucht. Die Krankenpfleger wohnen ... Manchmal habe ich ein Mädchen begleitet, damit sie ... Wir werden da sein, Mayer, wir werden da sein.

Ursula tat so, als würde sie ihm aufhelfen, nahm seine Hand und drückte sie fest.

Mayer hielt Ursulas Hand zwischen den Fingern.

Er musste sich anstrengen, sich zu beherrschen. Und schließlich verließ er die Kaserne, die für ein Krankenhaus bestimmt war.

* * *

Der Tag verging mit ärgerlicher Langsamkeit.

Etwas Seltsames lag in der Luft. Als hätte sich das Gerücht verbreitet, dass sie versuchen würden zu fliehen. Die Atmosphäre war elektrisiert, angespannt.

Mittags bekam Mayer seine Brotration nicht. Duckstein gab ihm einen Teil seines.

„Warum bist du ins Krankenhaus gegangen? Er hat gefragt.

Mayer antwortete nicht. Er hat nur das Brot zerkleinert und in die Suppe geworfen.

„Sinii? Duckstein bestand darauf.

„Vielleicht", murmelte er.

Duckstein zuckte die Achseln. Bald riefen die Sirenen sie zurück zur Arbeit. Der Nachmittag war erschütternd. Mayer betrachtete die genähten Sohlen und versuchte herauszufinden, wie spät es war. Als die Sirenen den Arbeitstag beendeten, beschleunigte Mayers Herz das Herzklopfen.

Sie speisten in der Kaserne. Kein Brot. Gelaute teilte seine mit Mayer.

„Duckstein hat mir gesagt, dass du vorhast, Sinii zu nehmen", sagte er ohne zu fragen, ohne zu bestätigen.

„Kaufst du die Antwort mit Brot? zischte Mayer.

„Du kannst machen, was du willst, aber vergiss eines nicht: Sie hat genug. Verstehst du, es kann uns nur Probleme bereiten.

„Es ist Russisch. Es wird uns mit der Sprache helfen.

Gelaute starrte auf die Zentraluhr im Schlafhaus.

"Zehn fünfzehn ... In einer Stunde sind wir frei oder wir sind gestorben", murmelte er, auf seiner Pritsche liegend. Es schien ruhig. Nur die krampfhafte Bewegung seines Kinns verriet ihn:

Duckstein saß still auf Mayers Bett.

Die meisten Gefangenen lagen in die Decken gehüllt und versuchten zu schlafen. Andere waren wachsam. Sie hatten bemerkt, dass etwas Seltsames in der Umgebung schwebte. Sie erwarteten, dass "etwas" passieren würde. Sie wussten nicht was, aber es musste passieren.

Die Zeiger der Uhr rückten gegen elf Uhr vor. Als die Minuten vergingen, legten sich die Gefangenen auf ihre Etagenbetten. Das leise Schnarchen der Dösenden war zu hören.

Fünfundzwanzig bis elf. Gelaute bewegte von Zeit zu Zeit das Kinn. Mayer dachte an Sinii. Duckstein in Marta, seiner Frau.

Zwanzig zu elf. Nur wenige Männer blieben stehen. In fünf Minuten würde Ygenev zum letzten Inspektionsbesuch erscheinen.

Und schließlich viertel vor elf. Mayer stand auf. Seine Hand schloss sich um das Handtuch.

„Pass auf", flüsterte Duckstein. Versuche nicht zu schreien.

Mayer ging zur Tür. Er spürte, dass Ygenev ihm entgegenkam, zu dem Termin, den das Schicksal ihm mit dem Tod gemacht hatte. Er bewegte sich langsam zwischen den Metallbetten. Nur wenige sahen ihn an. Jemand dachte, es sei jemand, der zu spät zu den Latrinen kam. Vielleicht litt er an Verwesung, einer im Land verbreiteten Krankheit.

Dreizehn Minuten vor elf öffnete sich die Tür, um Ygenev einzulassen. Mayer war ganz nah bei ihm, das Handtuch um den Hals, ein Ende festhaltend. Ygenevs kleine Augen blitzten bei seinem Anblick.

„Geh zurück ins Bett", befahl er.

Aber Mayer gehorchte nicht. Einige schauten. Gelaute betrachtete von seiner Koje aus die Szenerie und war bereit, bei Bedarf einzugreifen. Duckstein fühlte eine Kälte durch seinen Körper laufen-

Ygenev stemmte die Fäuste in die Hüften und stemmte die Arme in die Hüften.

„War dir eine Portion Schläge nicht genug, Arschloch? "Ich frage". Geh ins Bett! Er bestellte. Aber Mayer gehorchte immer noch nicht.

Als der Russe es realisieren wollte, war es zu spät. Das Handtuch zeichnete einen Kreis, in der Luft und wie eine Schlange umschlang sie ihren Hals. Mayers Hand packte schnell das Ende des Handtuchs und schlug es heftig gegen die gegenüberliegende Seite, zog den Russen ein und empfing ihn mit einem gewaltigen Knie zwischen den Beinen. Der Schlag war so stark, dass der Schrei, den der Schmerz von Ygenevs Lippen riss, die Wände der Kaserne durchbohrte.

Sie sind alle aufgewacht. Ein paar Sekunden lang beobachteten sie fassungslos, was geschah.

Mayer wickelte immer wieder das Handtuch um seine Beute. Ygenevs Lippen wurden rot. Seine zu einer orangefarbenen Masse gewordene Zunge bewegte sich mühsam. Seine nikotinverschmutzten Zähne standen im Kontrast zu seiner Zunge. Die Augen schienen größer geworden zu sein, als hätten sie Mühe, ihre Höhlen zu verlassen.

Mayers Hände zitterten. Draußen hörte er Schritte und Leute, die auf die Kaserne zugingen. Er wusste, dass es die Russen waren. Aber er drückte weiter seinen Griff und ertränkte ihn.

Ein Schrei hallte zwischen den Kojen wider.

„Jetzt oder nie!", schrie Gelaute. Er war der Erste, der seine Position verließ und zur Tür rannte.

Drei russische Soldaten des Überwachungsdienstes brachen in die Kaserne ein. Und bevor sie Zeit hatten zu erkennen, was passiert war, stürzte sich eines der Metallbetten, von mehreren Gefangenen geschoben, auf sie und warf sie um. Ein Russe drückte an seiner Maschinenpistole ab und die Explosion schnitt durch die Luft und sank in die Decke.

Der Alarm war bereits gegeben. Diese Schüsse würden das Lager auf den Kriegspfad bringen. Der Kampf hatte begonnen.

Als die drei Russen wissen wollten, was los war, war es zu spät. Eine Lawine blutrünstiger Männer fiel auf sie nieder, zertrampelte sie, riss sie auseinander. Waffen wurden ihm aus den Händen gerissen. Ein Triumphschrei, brutal, unangemessen, wurde in den Kehlen der Gefangenen geboren.

Mayer drückte noch mehr. Ygenev war nur ein lebloser Weichei. Ein Rinnsal Blut quoll zwischen seinen Lippen hervor. Mayer kniete ihn erneut nieder, und als er nicht vor Schmerzen brüllte, lockerte er seinen Griff. Der Kopf der Kaserne fiel leblos zu Boden, ertrank.

Überall ertönten Alarmsirenen. Suchscheinwerfer verfolgten das Lager. Aus anderen Baracken waren Rufe und Explosionen zu hören. Die Gefangenen begannen die Metallbetten zu zerlegen und bewaffneten sich mit den Eisenstangen.

Mayer nahm die Pistole von Ygenevs Gürtel und rannte mit ihr aus der Kaserne.

Er marschierte zur Krankenstation.

Er konnte nur erahnen, was um ihn herum geschah. Wilde Männer mit Eisenstangen in der Hand. Russen suchen Zuflucht in den Kommandotürmen. Suchscheinwerfer, die durch die Dunkelheit rissen ...

Schreie und Böen. Bursts und Schreie.

Aber eine einzige Idee, ein einziger Name erfüllte Mayers Kopf, Sinii.

Er würde sein Leben für sie riskieren.

Vielleicht würde er sie verlieren.

VI

Die Dunkelheit war vollkommen, Ursula trat vor und tat so, als würde sie Sinii halten. In der Ferne konnte man das Licht der Reflektoren sehen, die den Stacheldraht beleuchteten, der durch die Zwischenräume lief.

Alles war ruhig und still. Und doch wussten sie, dass Boringezov in wenigen Minuten zur Hölle werden würde.

Sie erreichten die Krankenstation. Sie wussten nicht, wie spät es war.

Sie lehnten sich an die Wand und suchten Schutz im Schatten des Gebäudes ...

Sinii zitterte. Er hatte keine Angst, es machte ihm nichts aus zu sterben, aber er konnte das heftige Schlagen seines Herzens nicht zurückhalten. Sie erinnerte sich an den Tag, als er sie fast umarmte.

Ursula, stärker, blieb stehen und wartete. Er atmete kaum.

Ein paar Minuten vergingen, die mir wie eine Ewigkeit vorkamen.

Und schließlich ertönte eine Maschinenpistolenexplosion.

Sinii bewegte krampfhaft ihre Arme und drückte fest.

Sekunden vergingen. Eine Sirene ertönte. Dann noch eins und noch eins. Weitere Flutlichter gingen an. Der Stacheldraht war voll beleuchtet. Die Wachhunde bellten. Die Lichter, kraftvoll, überquerten das Feld und zerrissen die Nacht.

Da wurden die Türen einer der Baracken aufgerissen und eine heulende Masse von Häftlingen trat heraus. Die Maschinengewehre in den Wachtürmen knisterten. Sie reproduzierten Maschinengewehrsalven und Hassschreie. Die Fäuste, die unter den gegebenen Umständen nutzlos waren, wedelten in der Luft. Überall ertönte ein Schrei. Es war die Devise.

"Jetzt oder nie!

"Jetzt oder nie!

Weitere Baracken öffneten gewaltsam ihre Türen, getrieben von den Gefangenen, die bereit waren, für ihre Freiheit zu kämpfen. Auch die Fenster erbrachen Männer, die mit Bettresten bewaffnet waren, mit Metallstangen.

Die beiden Frauen kauerten sich an die schattige Wand. Der Kampf breitete sich so schnell aus wie konzentrische Kreise im ruhigen Wasser eines Sees, wenn ein Stein hineinfällt und seine glatte Oberfläche zerbricht.

Plötzlich übertönte eine Stimme das ohrenbetäubende Geschrei. "Sinii...! Sinii!

Die Russin konnte sich nicht beherrschen. Es war die unheilvolle Stimme; Er hatte noch nie mit Mayer gesprochen, aber er wusste, wusste, dass dies seine Stimme war.

Sie sahen einen Mann zur Kaserne rennen, um sich zu heilen. Er sprang nach rechts, um dem Lichtstrahl eines Suchscheinwerfers auszuweichen. Das Licht machte sich auf die Suche nach Männern. Es war, als wollte er eine Trennung zwischen den Gefangenenquartieren und denen der Deutschen schaffen. Ein Maschinengewehr rasselte, und die Geschosse ließen kleine Wolken am Boden aufsteigen, folgten dem Licht und zeigten den Weg der Explosion an.

Mayer begann wieder zu laufen. Er hatte eine Pistole in der Hand.

Er hatte noch etwa dreißig Meter vor sich. Zwanzig. Zehn.

Nur die letzten Schritte und er konnte die Frau, von der er während dieser höllischen Monate der Gefangenschaft geträumt hatte, in seinen Armen halten.

Es war gerade in dem Moment, als er die Kaserne erreichte, als er am Eingang vorbeigehen wollte. Die Tür öffnete sich und das Licht von drinnen wurde verlängert auf den Boden projiziert. Ein Mann tauchte im Rahmen auf, eine Maschinenpistole in der Hand.

Mayer zögerte eine Sekunde, tatsächlich den Bruchteil einer Sekunde. Er stolperte, versuchte zurückzuweichen, merkte aber, dass es zu spät war.

Der Mann, der die Maschinenpistole trug, ein CapitzuAls Sanitäter nahm er die Waffe und schoss mit der Hand zum Abzug. Aber seine Geste kam zu spät. Bevor es ihm gelang zu schießen, prallte Mayers Fuß in den Lauf der Waffe und lenkte sie ab. Seine rechte Faust flog durch die Luft und bohrte sich in die Kehle des Arztes, und sein Zeigefinger drückte den Abzug der Pistole. Der Schuss, aus nächster Nähe, klang kurz und bündig.

Der Sanitäter brüllte, breitete seine Hände aus und zog seine Arme von seinem Körper weg.

Die Maschinenpistole berührte den Boden nicht. Mayer fing es zuerst. Er trat den noch stehenden Arzt weg. Er zögerte nicht und hatte kein Mitleid. In Boringezovs Lager war Mitgefühl unbekannt. Ohne zu zielen drückte er den Abzug und durchbohrte den Körper des Russen, der unverständlich brüllte und dann zu Boden ging.

Mayer sprang auf die andere Seite der Kaserne.

Dann konnte er nur noch ein Wort murmeln:

"Sinii...", sagte er schwach, ohne Kraft. Sie nickte und schüttelte zustimmend den Kopf. Mayer breitete die Arme aus und die Russin warf sich dazwischen und schüttelte Mayers Körper fest.

Ursula betrachtete die Szene schweigend. Er fühlte, dass in seinem Herzen eine fast absolute Leere geboren wurde.

Die Sirenen heulten weiter. Der Stacheldraht war erleuchtet wie am helllichten Tag. Die Maschinengewehre füllten den Raum vor dem Stacheldraht mit Blei und hinderten die Häftlinge daran, sich ihnen zu nähern.

An einem Ende des Feldes brannte eine Kaserne.

Die Kämpfe waren allgemein geworden. Gefangene gegen Vormunde. Unterdrückt gegen die Unterdrücker.

Überrascht zogen sich die Russen zurück und suchten Zuflucht in der Kaserne Nummer drei, die für sie bestimmt war, sowie in den Kontrolltürmen und dem Kommandoposten.

Viele der Beobachter hatten es bis zu diesen Punkten geschafft. Diejenigen, die in der Gefängnisbaracke eingesperrt waren, wurden vernichtet. Einige fielen den Deutschen zum Opfer, als sie Schutz suchten. Sein Tod war nicht süßer als der seiner Gefährten.

Ihre Waffen fielen in die Hände der Gefangenen. Sie waren keine Bettabfälle mehr gegen Maschinengewehre. Es waren Schusswaffen gegen Schusswaffen.

Von der Hölle, die sich um ihn herum entwickelte, schien Mayer nicht zu bemerken.

Seine Hände ruhten sanft auf Siniis Gesicht. Ihm wurde kalt, als er die dünne und glatte Haut des Mädchens spürte. Dann tasteten seine Finger um Siniis Lippen. Sie sah sie finster an und küsste Mayers Fingerspitzen.

Der Deutsche neigte den Kopf über sie. Seine Lippen strichen über ihre Finger. Und als er sie wegzog, waren sie nur einen Zentimeter von Siniis Mund entfernt. Es dauerte sehr wenig, um diese Entfernung zu überwinden. Sie taten es eifrig, mit einer fast gewalttätigen Geste; küssen, versuchend, sein ganzes Wesen in diesem Kuss zu finden.

Um ihn herum ging der Kampf weiter. Der Krieg war nicht mehr an der Front. Der Kampf war in den Rücken der Sowjetarmee übergegangen und sie kämpften für die Freiheit.

Ursula ballte die Fäuste und grub sich die Fingernägel ins eigene Fleisch. Er fühlte einen enormen Schmerz, eine beeindruckende Leere. Er hatte das Gefühl, nicht zu leben. Aber sie lebte, sie lebte weiter in den Kampf versunken.

Sinii suchte wieder Mayers Lippen. Und er hat sie gefunden. Was kümmerte sie, was um sie herum geschah? Das Wesentliche waren sie. Sie.

„Bitte...", flüsterte Ursula.

Seine Stimme drang, verwirrt vom Lärm der Böen, zu Mayer. Er verstand, dass sie keine Zeit verschwenden durften. Er wiederholte den Satz und sah Sinii tief in die Augen.

„Bitte...", flüsterte er auf Deutsch.

Und er war überrascht, als sie ihm mit einem perfekten deutschen Akzent antwortete.

„Wenn ich verstehe. Was du willst.

Mayer nahm ihre Hand und sah Ursula an,

"Komm schon ... Vielleicht warten sie auf uns, wenn alles gut gelaufen ist ...

Sie umrundeten die Baracken zur Krankenstation und erreichten die Rückseite der Baracke. Ein Scheinwerfer beleuchtete genau in diesem Moment einen rennenden Mann. Für ein paar Sekunden, ein paar Meter folgte es ihm. Der Gefangene versuchte, dem Licht auszuweichen, aber bevor er konnte, spaltete ihn eine Maschinengewehrexplosion praktisch in zwei Teile.

Der Lichtstrahl ging vorbei.

„Jetzt!", schrie Mayer und machte sich auf den Weg zu einem schnellen Lauf.

Sinii und Ursula folgten ihm.

Der Reflektor kam zurückkoderauf diesem Grundstück. Sie rannten weiter und das Licht ging auf sie zu.

Mayer ließ sich zu Boden fallen, die Ellbogen ruhten auf dem Boden, und die Maschinenpistole knisterte in seinen Händen. Alles geschah in einer Sekunde. Gerade als das Licht ihn treffen wollte, wurde der Reflektor getroffen und explodierte. Die Dunkelheit wurde wiedergeboren.

»Los!« brüllte Mayer, sprang wieder, rannte. Ein Maschinengewehr rasselte blindlings.

Die beiden Frauen hatten keine Angst. Sie waren zu sehr an den Krieg gewöhnt, um den Tod zu fürchten.

Mayer rannte immer wieder an ihnen vorbei und lief in Richtung der Rückseite der Werkstätten, wo die Lastwagen standen. Er wusste, dass sie dort eine Stelle haben würden. Dafür würden Duckstein oder Gelaute sorgen.

Sie hatten keine Schwierigkeiten, sie zu erreichen. Sie taten dies, als die Motoren zu schnarchen begannen.

Mayer hielt einen Moment inne. Neben ihm blieben die beiden Frauen keuchend stehen, erschöpft von der Anstrengung.

Mayer merkte, dass nur die Mitarbeiter in der Gerberei, in der die Idee der Revolte geboren wurde, an die Lastwagen dachten. Der Rest der Gefangenen schien nur eines zu wollen: töten.

Von den Häftlingen in der Gerberei gelang es einigen, die Fahrzeuge zu erreichen. Und einer von diesen wenigen war Duckstein, der, im Führerhaus eines Lastwagens, hinter dem Steuer sitzend, den Marsch antrat.

Mayer sah Gelaute nicht.

„Duckstein! Er schrie mit aller Kraft. Der Schrei überwog den Lärm des Kampfes.

Der Deutsche hörte es und sah sie an. Der Lastwagen setzte seinen langsamen, zweifelhaften Marsch fort.

„Komm! Duckstein schrie ihn an.

Mayer, Sinii und Ursula eilten gehorsam auf den Lastwagen zu.

Die Motoren schnarchten immer noch, heizten sich auf und stapften vorwärts.

Die Freiheit schien nahe zu sein. Aber es war noch weit weg.

* * *

Von den ersten Augenblicken an herrschte im Konzentrationslager enorme Verwirrung. Die Häftlinge griffen die Kasernenchefs an, sobald die erste Explosion ertönte. Diejenigen, die nichts wussten, starteten auch den Angriff. Der Durst nach Rache trieb sie. Sie wollten die offene Rechnung zwischen sich und den Russen begleichen. Viele waren seit mehr als zwei Jahren im Feld. Sie alle hatten Freunde, die von den Russen getötet, ermordet wurden.

Die Baracken wurden zu Katarakten empörter Männer, voller Hass, bewaffnet mit den Bettstücken.

Aber einige wussten, was sie wollten: das einzig mögliche Fluchtsystem erreichen: Lkw.

Diese wenigen Häftlinge mit einem durchführbaren Plan im Kopf stürzten auf die Fahrzeuge zu.

Ohne Der Weg war jedoch nicht einfach. Eine Gruppe Russen wurde zwischen den Lastwagen in die Enge getrieben und verbarrikadierte sich dort, bereit, ihr Leben teuer zu verkaufen.

Duckstein warf sich fluchend zu Boden. Gelaute fiel neben ihn.

Die Waffen der Sowjets knisterten und bildeten eine unüberwindbare Bleibarriere.

Die Situation dauerte einige Minuten, die wie Jahrhunderte vorkamen. Gelaute kroch nervös auf den Boden.

„Wohin gehst du?" fragte Duckstein ihn.

"Ich komme wieder" war die rätselhafte Antwort.

„Die Lastwagen sind da! Duckstein bestand darauf, dass er tief in seinem Inneren Angst hatte, allein zu sein. Eine schreckliche Angst.

„Ich komme wieder", erwiderte Gelaute kühl.

Er kroch immer wieder von diesem Kern des Kampfes weg. Gelaute hatte seine Idee, seine eigene Idee, sein Ziel. Niemand wusste. Nur er.

Er stand auf und rannte durch die Baracken. Er kollidierte mit seinen Gefährten, die von einer Seite zur anderen rannten wie bluthungrige Verrückte.

„Jetzt oder nie!" Es war der Schrei, der überall aufsprang.

Ja, jetzt oder nie; dachte Gelute.

Er erreichte eine der Baracken. An derselben Tür fand er einen verstümmelten, nicht wiederzuerkennenden Russen. In seinem Gürtel war eine Handbombe. Gelaute grinste. Alles lief gut. Er hob die Bombe auf und betrat zielstrebig die Kaserne. Er nahm an, dass er niemanden finden würde, aber er war bereit, sich etwas viel Härteres als einem Mann zu stellen.

Dies war die Baracke für die Verwaltung des Lagers.

Da war der Safe, mit den russischen Zahlungen. Die monatlichen Zahlungen kamen mit den Neuleder-LKWs.

Er ging auf die Kiste zu. Geschlossen. Er trat ein paar Schritte zurück, suchte nach einem Platz, um in Deckung zu gehen, fand ihn. Er betrachtete die Kiste noch einmal und schätzte die verletzlichste Stelle in ihrem stabilen Rahmen ab. Und schließlich entfernte er den Zünder von der Bombe und warf sie mit einem sicheren Puls, der sofort schrumpfte.

Die Explosion hat alles erschüttert. Die Stühle fielen zu Boden, die Schubladen des Tisches wurden geöffnet, die Papiere flogen ...

Als Gelaute hinsah, lag die Kiste auf dem Boden, eine Seite zerschmettert. Ein ganzer Ledersack wurde weggeworfen. Ein weiterer Sack wurde gesprengt und die Rubel um ihn herum verstreut.

Gellaute nahm den ersten. Er berührte es und bemerkte, dass es Geld enthielt. Ein zufriedenes Lächeln huschte über sein Gesicht. Dann begann er, seine Taschen mit den Blondinen zu füllen, die die Explosion verbreitet hatte.

Die Minuten vergingen mit unglaublicher Geschwindigkeit. Es hat sehr gut geschmeckt! Er war reich! Er war reich!... Aber reich an Rubel.

Plötzlich warnte sie ihr sechster Sinn, dass Gefahr über ihrem Kopf schwebte. Gelautes Reaktion war heftig. Seine Hand schloss sich um einen Stuhl und der Bruchteil einer Sekunde bevor ein Russe im Rahmen auftauchte, flog der Stuhl davon, von Gelaute geschleudert.

Damit hatte der Soldat nicht gerechnet. Er sah in der Dunkelheit nur etwas, das auf ihn geworfen wurde. Er drückte den Abzug seiner Maschinenpistole, einige Geschosse sanken in das Holz des Stuhls, aber er konnte dem Schlag nicht ausweichen.

Gelaute sprang wie ein hungriger Wolf.

Ihre Finger schlossen sich um die Kehle des Russen, gruben ihre Nägel ins Fleisch und rissen seine Kehle auseinander. Der Sowjet versuchte zu schreien, um sich zu verteidigen, aber Gelaute versetzte ihm einen gewaltigen Kopfstoß auf die Nase, der ihn schockierte und das Blut ungehindert fließen ließ.

Der Russe wurde in einen Weichei verwandelt.

Gelaute drückte immer mehr, bis er Blut aus dem Nacken seines Feindes zog, Als er spürte, wie seine Nägel in das Fleisch des Russen einsanken, als er bemerkte, dass das Leben aus diesem Körper entwichen war, ließ er ihn los, Der Leichnam fiel wie eine Puppe zu dass sie plötzlich die Fäden durchtrennt hatten, die ihn aufrecht hielten.

Keuchend kehrte der Deutsche dorthin zurück, wo die Rubel waren. Er füllte seine Taschen zu Ende, schnappte sich den Ledersack und verließ die Baracke in Richtung der Lastwagen.

Dann merkte er, dass er zu spät war. Die schweren Fahrzeuge waren gestartet.

Aber ein Hoffnungsschimmer blitzte in seinen Augen auf, als er Duckstein hinter dem Steuer eines von ihnen sitzen sah.

Er rannte auf den Lastwagen zu, wedelte mit den Armen und verwandelte den Rubelsack in eine Flagge.

„Duckstein! Er brüllte.

Die Lastwagen setzten ihren Marsch fort.

"Duckstein! Gelaute schrie wieder und rannte mit aller Kraft.

Die Lastwagen nahmen Fahrt auf. Bald würden sie sich in überwältigende Monster verwandeln, die alles nach unten ziehen würden.

Gelautes Stimme siegte über den Motorenlärm, über den Kampflärm.

„Entenstein!!

VII

Die Gefangenen warfen sich wie verrückte Hunde gegen den Stacheldraht. Und wie ein Echo seiner Tat wurden entsetzliche Schmerzensschreie geboren. Ihre Körper zuckten, sie wurden schwarz, und sie wurden in demselben Stacheldraht, auf den sie geworfen wurden, mit einem Stromschlag getroffen, weil sie glaubten, der Strom sei unterbrochen worden.

Es folgten grausige Szenen.

Die Frauen in ihren Baracken, von den Wachen dieses Feldabschnitts bewegungsunfähig gemacht, heulten verzweifelt in einem hysterischen Ausbruch, als wollten sie die Aufmerksamkeit des übrigen Feldes auf sich ziehen.

Die Jagdhunde wurden von den im Kommandoturm in die Enge getriebenen Wachen freigelassen und die Tiere massenhaft gegen die Gefangenen geschossen. Sie waren auf diese Mission vorbereitete Bestien, die gelernt hatten, zu springen, um den Gefangenen die Kehlen zu suchen.

Ihre kräftigen Zähne bohrten sich in ihre Kehlen und rollten Mensch und Hund über den Boden. Sie wurden erschossen, aber zuerst hinterließen sie eine Blutspur. Diejenigen, die den Tod der Unglücklichen erlebten, die unter den Rachen der Hunde fielen, würden es nie vergessen. Es war ein unmenschlicher, entsetzlicher Kampf... Die Hunde gruben ihre scharfen Zähne wie Haken. Die Männer versuchten vergeblich, diesen tödlichen Biss zu vermeiden. Blut sprudelte heraus, unkontrollierbar. Die Finger der Gefangenen suchten nach dem Hals des Hundes. Es war der Fehler, der sie das Leben kostete.

Nur einer, ein Bauer aus Süddeutschland; Kenner der Jagdhunde, machte er sich auf die Suche nach den Augen des Tieres. Als er zusammenbrach und den Hund zerrte, grub er sich die Finger in die Augen und machte eine schraubende Geste. Die Augen sprangen aus ihren Höhlen, der Hund heulte, tobte... Plötzlich blind, ließ er seine Beute los und stürzte vorwärts, rannte, als wolle er vor der schwarzen Nacht fliehen, die über ihm hing. Er krachte gegen die Wand einer Schlafbaracke. Es war ein harter Schlag, der ihn bewusstlos werden ließ. Eine Eisenstange krachte in seinen Kopf und ließ seinen Schädel einsinken.

Währenddessen verblutete der deutsche Bauer, die Hände um den Hals geballt, um die Blutung einzudämmen.

Die Gefallenen wurden ihrem Schicksal überlassen. Niemand kümmerte sich um diejenigen, die stöhnten, von den Böen getroffen oder von Hundebissen in die Kehle geschlagen wurden.

Alle Sirenen im Feld heulten ohrenbetäubend, als wollten sie mit ihrem Lärm die Toten wiederbeleben.

Russische Leichen vermischten sich mit deutschen Leichen. Die Flutlichter, die noch in Betrieb waren, streiften über das Feld und beleuchteten Danteske Szenen, Totenhaufen, Stromschlager ... Die Gefangenen wussten kaum, welche Möglichkeiten sie hatten, lebend aus dieser Hölle zu kommen. Aber im Grunde ging es ihnen nur um eines: Rache. Erledige die Russen ein für alle Mal. Und dann ... dann würde ein neuer Tag geboren und in seinem Licht würden sie den Tod sehen. Es war genug Belohnung für seine Mühe. Aber nicht alle waren von ihren Kojen gesprungen und riefen "Jetzt oder nie!" Ohne einen Plan zu haben. Eine Gruppe aus der Bräunungsabteilung machte sich auf die Suche nach den Lastwagen.

Einige von ihnen haben ihr Ziel erreicht. Duckstein schaffte es, sich in einer Hütte niederzulassen. Es waren Zehn-Tonnen-Trucks mit schweren Rädern, deren Zähne tief eingeprägt waren, um auf rutschigem Gelände Grip zu erzielen ...

Motoren schnarchten, Scheinwerfer rasten durch die Dunkelheit und konkurrierten mit den Überwachungslichtern.

Als sie anfingen, zogen sie die Aufmerksamkeit eines der Kontrolltürme auf sich. Ein Maschinengewehr drehte sich in einem

Winkel von neunzig Grad und zielte auf die Scheinwerfer. Die Windschutzscheiben eines Lastwagens explodierten und der Mann, der hinter dem Steuer saß, hielt sich in einem letzten Reflex die Hände vors Gesicht, als eines der Projektile sein Gesicht zerstörte, sein Gehirn traf und ihn auf der Stelle tötete.

Der Lastwagen verlor die Richtung und fuhr einen Hang hinunter, der zur Kommandokaserne führte, wo eine Gruppe Russen standhielt. Er erhöhte seine Geschwindigkeit, während er ging. Jemand bemerkte die Anwesenheit des Lastwagens, als es bereits spät war. Vier Gefangene versuchten erfolglos zu fliehen. Der Lastwagen holte sie ein. Einer wurde geworfen, hüpfte, rollte auf dem Boden. Die anderen drei wurden überfahren und starben unter den schweren Rädern. Der Lkw erhöhte die Geschwindigkeit noch mehr. Und es hörte nicht auf, bis es in einen Winkel der Kommandokaserne krachte und es versenkte. Für einige Zehntelsekunden schien es, als ob das Fahrzeug eingesenkt würde, aber schließlich lehnte es sich auf die rechte Seite, verharrte für einige Sekunden in einer instabilen Balance und stürzte schließlich auf die Seite, während der Motor Feuer fing . Neue Fackeln beleuchteten diesen Sektor des Feldes. Minuten später, der Motor explodierte, wodurch fast die gesamte Fassade der Kaserne einstürzte. Die Gefangenen stürmten wie ein blutrünstiges Rudel.

Währenddessen setzten die fünf verbliebenen Lastwagen ihren Kurs auf der Suche nach Freiheit fort. Sie wussten, dass es nur wenige außerhalb des Stacheldrahts schaffen würden.

Einige Häftlinge, die die Lastwagen sahen, erkannten, dass dies der einzige Weg war, das Lager zu verlassen. Sie rannten schreiend auf die Fahrzeuge zu, wedelten mit den Händen in der Luft, webten unverständliche Kritzeleien der Verzweiflung... Einige schafften es, sich an den hohen Kisten der Lastwagen festzuhalten und kletterten verzweifelt auf sie zu.

Andere versuchten, auf die ebenfalls hohen Steigbügel zu steigen, und als sie ihre Füße hoben und dort stützten, verloren sie das

Gleichgewicht und fielen unter die Hinterräder des Lastwagens, der sie abschneidete.

Duckstein konnte die Schreie hören. Aber er hatte sich geschworen, ein Stein zu werden, unnachgiebig. Er interessierte sich nur für Mayer und Gelaute. Die anderen... die anderen zählten nicht. Es war der Geist der Kaserne, der Geist der Koje. Diese beiden Männer waren wie Brüder. Die anderen ... nur Mitgefangene, aus dem Unglück.

Die Motoren schnarchten und erhitzten sich, während sie langsam fuhren. Es waren schwere Lastwagen, schwer zu manövrieren ...

Duckstein war irgendwie fassungslos. Schreie, Schüsse, Schreie, das Geräusch des Motors ... Alles hallte in einem zerquetschten Sammelsurium wider.

Ein Schrei durchbohrte jedoch sein Gehirn.

„Entenstein!

Er erkannte die Stimme. Er drehte den Kopf, sah nach links. Und er sah Mayer, gefolgt von zwei Männern, auf den Lastwagen zueilen. Er trat auf die Fußbremse und blieb stehen.

Ein anderes der Fahrzeuge überholte ihn und beraubte ihn auf der Seite, auf die sich Mayer näherte. Er hörte ein Schmerzensgeheul und dachte einen Moment über die Möglichkeit nach, dass sein Partner unter die Räder des Lastwagens gefallen war.

Aber so war es nicht. Er war ein weiterer Gefangener gewesen.

„Komm! Sie schrie, als sie ihn sah.

Mayer überbrückte die Distanz mit wenigen Schritten. Er stellte den Fuß auf die Achse des Reserverads, öffnete die Tür und sprang in die Kabine. Duckstein schrumpfte mit den Füßen, um handeln zu können.

„Steh auf!" schrie Mayer.

„Sie?", fragte Duckstein schlicht.

„Sie", antwortete Mayer.

Sinii war der erste, der nach oben ging. Dann Ursula. Die beiden Frauen waren erschöpft von der Anstrengung und atmeten schwer und schwer.

Duckstein sah sie einen Moment lang an. Er erkannte Sinii. Aber nicht Ursula.

„Danke", murmelte die Krankenschwester.

Er antwortete nicht. Er ließ einfach die Bremsen los und ging zurück zum Stacheldraht, wobei er dem Weg folgte, den der Lastwagen vor ihm eingezeichnet hatte.

Die Geschwindigkeit nahm zu. Es zerschmetterte Leichen in seinem Kielwasser. Russische und deutsche Leichen. Männer wurden ein paar Meter an den Rädern des Lastwagens geschleift, um sich in blutiges Brei zu verwandeln.

Einem Gefangenen gelang es, zu springen und sich an der Tür von Ducksteins Lastwagen aufzufangen. Für einen Moment schien es, als würde er das Gleichgewicht verlieren und in die Luft strampeln, bis es ihm endlich gelang, sich auf den Steigbügel zu stützen.

„Weiter...! Weiter! Er schrie wie ein Verrückter, als er sah, dass Duckstein ihn ansah.

„Ich habe darüber nachgedacht, es zu tun", murmelte er kalt.

Ursula und Sinii blickten zusammengekauert in das Gesicht des Mannes. Es spiegelte Angst, Schrecken, Verzweiflung wider ... Nie würde ich die unglaublich großen Augen des Mannes vergessen, seinen schiefen Mund, seine glänzende Haut, die von Schweiß bedeckt ist ...

Eine Gruppe rannte heulend hinter dem Lastwagen her. Mayer streckte sein Gesicht aus dem Fenster und sah zu, wie sie sprangen, sich an der Rückseite der Kiste festhielten und sich verzweifelt daran festhielten. Einigen gelang es, sich festzuhalten und in die Karosserie des Fahrzeugs zu fallen. Andere wurden geschleift, bis sie fielen. Der folgende Lastwagen beleuchtete sie in seinen tragischen Pirouetten. Mayer schloss die Augen, um nicht zu sehen, was passieren würde. Aber es gelang ihm nicht. Er beobachtete die verzweifelten Schläge eines

Gefangenen, der ausgerutscht war, als er versuchte, auf die Kiste zu steigen.

Als er fiel, war er dabei, das Gleichgewicht zu verlieren, er schaffte es, sich einige Meter zu beherrschen, er rückte vor, um den verlorenen Boden zurückzugewinnen, und beugte sich schließlich, als würde ihn die Erde ziehen, vor, bis er fiel. Sie drehte sich noch immer zappelnd um wie eine läufige Katze. Seine Arme hoben sich, um zu verhindern, dass der Lastwagen auf ihn zuraste. Es war eine absurde Geste. Er hat es nicht verhindert. Die Räder zerquetschten seine Füße, seine Beine, seinen Körper, seinen Kopf ...

Mayer verspürte einen gewaltigen Drang, sich zu übergeben.

Die Kaserne war dahinter. Die Dantesque-Szenen folgten ohne Unterbrechung aufeinander. Jeder Quadratmeter war Schauplatz einer Tragödie.

Aber die Lastwagen, die bereits mit voller Geschwindigkeit fuhren, rasten auf den Stacheldraht zu.

Sie kamen an der Buchhaltungskaserne vorbei.

Da stürzte sich Gelaute auf den Lastwagen.

„Duckstein! Er brüllte.

Er rannte los und kam aus dem Tritt mit dem Lastwagen. Die Scheinwerfer desjenigen, dem er folgte, beleuchteten ihn von der Seite.

„Es ist Gelaute! rief Mayer und zeigte auf ihn.

Duckstein trat auf die Fußbremse. Der nachfolgende Lkw schlingerte in einem heftigen Manöver nach rechts und drohte umzukippen. Der Gefangene, der ihn fuhr, fluchte, als er das Lenkrad drehte, um die Kontrolle über das Fahrzeug zurückzugewinnen.

Gelaute lief mit dem Geldsack in der Hand auf Ducksteins Truck zu, der sich noch relativ langsam bewegte.

Gelaute holte ihn ein.

„Duckstein! Er kreischte wieder.

Er knallte in die Luft und versuchte, sich an einem sicheren Ort aufzufangen, um zum Steigbügel zu klettern. Aber der Mann, der dort war, reagierte heftig und trat ihn, um ihm auszuweichen. Gelaute riss ihr Gesicht weg und taumelte einen Moment lang. Er baute sich wieder auf und ohne die Tasche mit seinem Schatz loszulassen, stürzte er sich wieder in den Angriff.

„Duckstein! Er schrie wieder. Das schien das einzige Wort zu sein, das er kannte.

Der Deutsche am Steigbügel klammerte sich verzweifelt an die Tür und versuchte ihn mit einem Tritt zu erreichen.

„Verschwinde, verschwinde! Er brüllte. Schweiß trat immer wieder aus allen Poren seiner Haut, rann über sein Gesicht und durchnässte seine Kleidung.

Mayer packte ihn heftig am Hals.

„Machen Sie Platz für ihn! Er heulte.

„Nein, nein, nein!" antwortete der Mann verzweifelt.

Duckstein war ein Liebhaber schnellerer Methoden. Als Mayer ihn am Hals hielt, schlug er ihm ins Gesicht, ohne das Lenkrad zu verlassen. Der Mann hielt dem Schlag stand und trat Gelaute, wobei er ihn beinahe umwarf. Doch der Deutsche folgte dem Lastwagen noch einige Meter und verlor für einen Moment seine Kraft. Sie kamen an den Stacheldraht. Sie überquerten die letzten Meter nackten Bodens.

Der Mann mit dem Steigbügel wollte ihm den letzten Schlag versetzen. Sein Fuß flog mit der Härte eines Katapults davon. Aber er verfehlte und Gelaute erwischte ihn an der Hose und zog hart.

Gleichzeitig landete Duckstein einen neuen Schlag ins Gesicht des Gefangenen. Die Streitkräfte verließen ihn plötzlich. Mayer hatte eine Idee; Er löste den Riegel an der Tür und schob sich heraus.

Der Gefangene, der merkte, dass er fallen würde, versuchte sich aufzurichten und griff nach dem ersten, was er fand. Es war der Kipperhebel. Als er sich daran festhielt, gab der Hebel nach. Der Muldenkipper begann zu steigen. Gelaute zog stärker.

„Verdammt... verdammt...", keuchte er.

Die Schreie der Männer in der Loge waren mit all ihren Tränen zu hören. Die Kiste begann sich über den Rücken zu erheben. Diejenigen, die darin waren, als der Boden sie versagte, griffen an den Seiten. Einige rutschten aus und zerrten die anderen in ihrem Fall. Sie haben überall versucht, sich gegenseitig zu ficken; seine Fingernägel splitterten, als er am Bügeleisen kratzte.

Sie fielen einer nach dem anderen.

Duckstein schlug dem Mann im Steigbügel erneut ins Gesicht.

Das war der letzte Schlag, der ihn aus dem Gleichgewicht brachte.

Gelaute trat zurück, um nicht vom Sturz mitgerissen zu werden. Der Mann blieb am Boden liegen, unbeweglich, definitiv besiegt ...

Nach ihm fielen alle, die es geschafft hatten, in die Kiste zu kommen. Einer nach dem anderen, als der Muldenkipper angehoben wurde.

Duckstein streckte die Hand aus. Gelaute hat sie mitgenommen. Er hatte kaum die Kraft zu laufen. Aber er versuchte verzweifelt zu springen, und es gelang ihm. Duckstein zog hart und schlug auf den Steigbügel.

„Hilf mir!" schreien.

Mayer zerquetschte die beiden Mädchen, packte Gelaute an den Haaren und zerrte ihn in die Kabine ...

Duckstein schloss die Tür.

In diesem Moment raste der Lkw vor ihnen über den Stacheldraht, der das Tor schützte. Es war der schwächste Teil des Konzentrationslagers. Der Rest des Stacheldrahts war durch dicke Betonbalken geschützt, die in den Boden versenkt waren und weniger als einen halben Meter voneinander entfernt waren, was eine Flucht fast unmöglich machte. An der Eingangstür waren die Träger jedoch durch eine Reihe von Hochspannungskabeln ersetzt worden, die bei Bedarf angehoben wurden, um Fahrzeugen Platz zu machen.

Der erste der Lastwagen prallte gegen das Kabel. Für einen Moment schien es, als würde er es nicht schaffen. Die Funken wurden zu Hunderttausenden geboren und einer der Reifen explodierte unverständlicherweise.

Aber am Ende gaben die Kabel nach.

Der Fahrer wurde am Steuer erfasst, erlitt einen Stromschlag und verlor das Gleichgewicht, als sich der Lkw auf die rechte Seite lehnte. Dann stürzte er einen Hang hinunter und landete in einem Baum.

Hinter ihm überquerte das von Duckstein gefahrene Fahrzeug die Schranke der Freiheit.

Was ein tragisches Epos werden sollte, begann. Drei Männer, zwei Frauen und ein Vermögen in Rubel. Mehr als genug Inhaltsstoffe, damit seine Wirkung schädlich ist.

VIII

Das Lager Boringezov lag auf einer Ebene, auf einem Bergmassiv. Dreizehn oder vierzehn Kilometer konstanter Kurven, mit einer höllischen Straße, unbefestigt, trennten die Höhen von der Ebene. Die nasse Straße war rutschig.

Der Abstieg war entmutigend. Die vier Zehntonner kamen mit Höchstgeschwindigkeit herunter. Seine Räder quietschten bei jeder Drehung. Die Scheinwerfer, die sich drehten, streichelten die Hänge des Berges. Manchmal verirrten sie sich in der Unendlichkeit, um sofort ihren Weg zu finden.

Eines der Fahrzeuge fuhr aus einer Kurve schief und sein Fahrer konnte nicht rechtzeitig Abhilfe schaffen. Eine neue Kurve erschien vor ihm. Und nach der Kurve der Niedergang und die Leere.

Er umrundete den Straßenrand, die Räder gerieten ins Schleudern. Ein paar Meter überquerte er die rechte Grenze und raste schließlich, ohne den Lastwagen zu beherrschen, die Schlucht hinunter. Die Türen wurden gewaltsam aufgerissen und ein paar Männer sprangen heraus, gerade als er anfing zu eilen. Diejenigen auf der Ladefläche des Lastwagens erkannten, was geschah, als es zu spät war. Beim ersten Schlag wurden mehrere von ihnen geschleudert und krachten gegen die Felsen. Einige fielen ins Gebüsch und drehten sich um ... Andere packten mit aller Kraft den ersten Griff, den sie fanden und fuhren im Lastwagen weiter, stürzten, bis das Fahrzeug seitlich gegen einen dicken Baum kollidierte, sich auf die rechte Seite lehnte und sich überschlug. Diese Kerle würden nie erfahren, was passiert ist. Alles geschah im Dunkeln. Der Lastwagen zerquetschte sie, schleuderte weitere und fing Feuer.

Unterdessen setzten die Flüchtlinge ihren Marsch fort ...

Duckstein, die Hände um das Lenkrad geballt, murmelte:

"Erblicken.

Sein Kopf deutete leicht auf das Glühen des brennenden Lastwagens hin.

Seine Gefährten betrachteten das Lagerfeuer. Als sie eine Kurve umrundeten, verschwand er aus dem Blickfeld. Bald tauchte es wieder auf. Sie stiegen hinab und näherten sich dem Feuer. Plötzlich trat Duckstein auf die Fußbremse. Gelaute knallte gegen die Windschutzscheibe und fluchte.

"Ein Reifen ...", flüsterte Mayer. Tatsächlich stand eines der Räder des verklumpten Lastwagens in der Mitte der Straße. Sie erkannten, dass diese Unglücklichen, als sie fielen, die Straße überquert hatten.

Mayer nahm Siniis Hand.

„Alles wird gut...", flüsterte er.

Gelaute sah sie an. Dann sah er Ursula an. Auch die Krankenschwester sah ihn an. Er war überrascht, die Schönheit in diesen Augen zu sehen. Sie waren blau, sie sahen aus wie aufrichtige Augen. Ihr blasser Teint betonte die Schönheit ihrer Augen. Gelaute fand Frauen noch immer schön. Der Krieg hatte es nicht geschafft, der Schönheit der Frauen ein Ende zu setzen.

„Hoffentlich", murmelte Gelaute.

„Was?, fragte Ursula.

„Hoffen wir, dass alles gut geht ...

Sie verstummten wieder. Duckstein fuhr sicher. Alle seine Muskeln blieben angespannt. Augen auf die rutschige Straße gerichtet. In einigen Ecken war der Schlamm aufgetürmt. Die rauen Tage waren zurück. Im Oktober regnete es jede Nacht. Die Feuchtigkeit war so träge, dass der Schlamm nicht austrocknete. Der russische Winter begann.

Manchmal erriet er aus dem Spiegelbild im Rückspiegel die Anwesenheit der anderen Lastwagen hinter ihnen. Er konnte nicht anders, als die Straße noch gerade war und blickte auf den Gipfel des Berges, wo das Konzentrationslager untergebracht war.

Er sah nur den Schein des Feuers.

Er dachte, dass sie vom Kommandoturm aus telegrafisch gewarnt hätten, was passiert war. Vielleicht hatten sie auch wegen der entflohenen Lastwagen Alarm geschlagen ...

„Dieses Ding muss so schnell wie möglich aufgegeben werden", stotterte er.

Gelaute sah Ursula immer wieder an. Es kam ihm wie ein Traum vor, dass Frauen noch existierten, noch schön waren. Die langen Monate der Gefangenschaft ließen ihn glauben, dass alles, was Vergnügen bedeutete, abgeschafft wurde. Und es war eine Freude, so eine Frau zu sehen. Sinii, mit der Narbe auf der Wange, mit ihrem rasierten, jungen Haar, war anders. Aber Ursula... Ursula behielt ihr braunes Haar.

Mayer hatte Siniis in seinen Händen.

„Warum?", murmelte er.

„Sie werden uns suchen... Wenn sie uns unterwegs aufhalten, werden sie sehen, dass wir Gefangene sind...

„Wir werden uns verteidigen", murmelte Mayer.

„Um zu sterben, war es nicht nötig, das Feld zu verlassen. Wir lebten dort, auch wenn es wie Hunde war... Wenn wir fliehen, ist es unsere Haut zu retten. Und wenn wir in diesem Haufen weitermachen, setzen wir uns aus, unser Leben in dieser Kabine zu lassen.

"Wir müssen weitermachen", sagte Mayer.

„Ja, aber mit einem Minimum an Sicherheit, um an die Front zu kommen. Dort angekommen wird alles einfacher. Und wir haben noch hundert Kilometer vor uns.

"Vielleicht weniger.

„Wir haben es nicht geschafft, Mayer... Wir haben nicht genug Benzin.

„Wir kaufen", flüsterte Gelaute.

„Kaufen?... Denkst du daran, mit Worten, mit Luft, mit einer Handvoll Ton zu bezahlen?

Gelaute schüttelte den Kopf.

„Mit Rubel", murmelte er. Und während er sprach, grub er die Hand in die Tasche und zog einen Stapel russischer Geldscheine heraus.

Duckstein sah ihn eine Sekunde lang an. Das Innere der Kabine war dunkel, aber die Geldscheine waren in der Hand des Deutschen zu sehen.

Sinii reagierte als erster.

"Das sind Rubel ...", flüsterte er.

Gelute nickte.

„Woher...?" begann Mayer zu fragen.

„Ich habe noch mehr, viel mehr ... ich weiß nicht, wie viele. Vielleicht eine Million, vielleicht die Hälfte... Sie sind hier. „Er tippte auf die Ledertasche.

Duckstein verstand, was passiert war.

„Aus der Lagerkiste? "Ich frage.

„Ja... Es hat mir schlecht geschmeckt. Ich habe nach dem Lohn gesucht, den sie uns schuldeten, den Hunderten von Stunden, die wir kostenlos für sie gearbeitet haben", kommentierte er mit einem traurigen Lächeln. Ich denke, das wird uns die Flucht erleichtern.

"Wir können Benzin kaufen ...", kommentierte Gelaute.

„So angezogen?, erkundigte sich Duckstein, hob den Arm und zeigte die grob gekleidete Uniform, die sie im Konzentrationslager trugen. Sobald wir den Lastwagen verlassen, werden sie uns mit Maschinengewehren beschießen...". Truppen Die Front ist nah ...

"Wir können Kleider kaufen", murmelte Ursula.

„Zivilkleidung...? Und weiter mit einem Militärlaster?" kommentierte Duckstein." Nein, das nicht, das ist unmöglich.

„Also... Dann wird es uns leicht fallen, fünf russische Uniformen zu finden... Hier sind viele Russen. Wir können sie jagen", deutete Gelaute an. Und dann machen wir weiter mit diesem oder einem anderen LKW, den wir stehlen ... oder zu Fuß. Aber wir müssen zu den deutschen Linien.

„Wir müssen dorthin", wiederholte Duckstein wie ein trauriges Echo. „Marta wartet auf mich.

Plötzlich überfiel ihn die Erinnerung an seine Frau. Er sah Sinii einen Augenblick an und Ursula einen weiteren Augenblick. Er verglich sie mit ihr, mit Marta. Was wäre mit seiner Frau in den langen Monaten passiert, in denen er nicht mit ihr kommunizieren konnte? Ich hoffte, es ging ihm gut.

Aber er kannte die Wahrheit nicht. Marta, war bei einem Bombenangriff ums Leben gekommen. Es war eine Nacht wie jede andere, mit einem bleiernen Himmel, mit Wolken, die den Glanz des Mondes verdunkelten. Die schweren Bomber flogen auf der Suche nach Zielen über Deutschland. Fabriken wurden einer nach dem anderen zerstört, lebenswichtige Knoten wurden zerschmettert, Bahnhöfe versenkten... Und auch Häuserblocks, die Dutzende von Familien mitschleppten, die keine Zeit hatten, zum nächsten Tierheim zu rennen. So starb Ducksteins Frau Marta auf dumme und absurde Weise, wie es alle Kriegstoten sind.

Sie erreichten den Fuß des Gebirges. Oben auf dem Gipfel leuchteten noch die Lichter der Feuer. Rache, Vernichtung entfaltete sich im Lager Boringezov weiter.

Duckstein bog ohne nachzudenken auf der Autobahn nach Süden ab. Er wusste, dass es ein paar Meilen weiter einen solchen Umweg gab, der nach Westen führte, zur neuen Front.

Er trat aufs Gas. Der Lkw lief mit Vollgas. Es fuhr siebzig Stundenkilometer.

Alle schwiegen und dachten nach. Ein Wunsch tauchte in ihren Köpfen auf, aber alle taten ihn als unmöglich ab. Vielleicht könnten sie, wenn nichts geschah, mit ein paar Stunden an der Front ankommen ... Aber es war absurd, dies zu erwarten. Die Russen würden wissen, was im Lager Boringezov passiert ist. Sie trugen Kriegsgefangenenkostüme.

„Wir müssen das Ding so schnell wie möglich loswerden", flüsterte Duckstein.

"Ja.

Sie dachten alle gleich. Gelautes Stimme war der einzige Dissonant.

„Lass uns warten", stotterte er.

„Auf was?

„Noch ein paar Kilometer... Vielleicht, wenn wir einen Bauernhof finden... Wenn wir an einen bewohnten Ort kommen... Die Rubel werden uns vieles erleichtern...

Sie erreichten die Abzweigung. Duckstein stellte ihm den Truck vor.

„Es regnet", murmelte Mayer damals.

Sinii korrigierte ihn.

„Es schneit", sagte er. Seine Stimme war leise wie ein Flüstern.

Tatsächlich. Langsame, winzige Schneeflocken begannen zu fallen. Es war der erste Schnee dieses Winters. Duckstein drückte auf den Knopf, der die Windschutzscheiben startete.

Er hat es ein paar Mal versucht.

„Es funktioniert nicht", murmelte er, bereits von der Vergeblichkeit seiner Bemühungen überzeugt.

Schnee sammelte sich auf dem Glas an. Er musste den Lastwagen anhalten und aufräumen. Sie begannen wieder zu laufen. Der Wind blies stärker und stärker und die Flocken nahmen an Festigkeit zu. Sie stapelten sich schnell auf dem Glas. Einen halben Kilometer später hielten sie wieder an, um es wieder aufzuräumen. Die Kälte machte sich immer deutlicher bemerkbar.

„Es muss zwölf Uhr sein", murmelte Mayer. Nur zwölf. Es dauerte eine Ewigkeit, bis das Tageslicht kam. Und sie hatten diese Ewigkeit, diese Stunden, um, was immer es war, an die deutschen Linien zu kommen. Zur Freiheit.

Sie begannen wieder zu laufen. Die Scheinwerfer des Autos markierten den Raum vor ihnen. In seinen Strahlen konnte man den Tanz der Schneeflocken sehen, die von Windböen in einem wirren Haufen getragen und getragen wurden.

Sie kamen langsam voran. Der Boden war mit Schnee bedeckt und wurde einheitlich weiß.

Sie mussten häufig anhalten, um die Windschutzscheibe zu reinigen.

Gelaute betrachtete von Zeit zu Zeit seine Ledertasche. Er war reich. Er war Millionär. In Rubel, aber ein Millionär. Er würde viel von diesen Rubel bekommen.

Er sah Ursula an. Er erwischte sie dabei, wie sie ihn ansah und sie errötete.

„Deutsch? Er erkundigte sich. Und sofort merkte er, dass seine Frage dumm war.

„Ja... ich bin gefallen, als wir Stalingrad angriffen. In einem Krankenhaus der ersten Wahl.

„Und du? Er fragte Sinii.

„Russisch... Aus dem Norden, mit der finnischen Grenze.

"Sie sprechen gut Deutsch.

„Meine Eltern waren Deutsche. Studiert...

Ein Befehl von Duckstein brachte sie zum Schweigen.

„Halt die Klappe", flüsterte er. Seine Augen starrten durch die beschlagene Windschutzscheibe. Eine Sekunde später fügte er hinzu: „Russen.

Mayers Hände ballten sich um die Maschinenpistole. Gelaute konnte sich eine reflexartige Geste nicht verkneifen, als sie den Rubelsack streichelte. Sinii legte ihre Hand auf Mayers Unterarm.

Es war Gelaute, die zuerst sprach:

"Unsere Uniformen" sagte:

Tatsächlich beleuchteten die Scheinwerfer eine Straßenkreuzung. Da war eine Gruppe russischer Soldaten und hinter ihnen ein Panzerwagen. Sie trugen lange, wattierte Mäntel, dicke Mützen mit schwarzen Fell-Ohrenklappen bedeckten ihre Köpfe. Die Maschinenpistolen hingen ihnen um den Hals und über der Brust. Eine leichte Geste genügte ihnen, um sie zu ergreifen.

Duckstein verlangsamte das Tempo, bis er auf fünfzig Meter herangekommen war.

"Bereite dich vor..." und fügte hinzu: "Sinii, du sprichst Russisch... Sagen Sie alles, unterhalten Sie sie zuerst.

„Aber... was soll ich sagen?

"Was immer du willst, es ist dasselbe ... Gelaute, Mayer ... Wenn wir sie gut aufgeklärt haben, wirst du sie fertig machen ...

"Ja.

Sie waren bereits keine dreißig Meter entfernt. Sie sahen sie perfekt. Einer der Russen packte die Maschinenpistole mit der linken Hand und hob die rechte zu einem Stoppschild, während Duckstein weiter langsamer wurde. Die halb mit Schnee bedeckten Fenster hinderten sie daran, zu ahnen, was passieren würde.

Ein weiterer Russe verließ die Mitte der Straße. Das Licht des Lastwagens beleuchtete vier weitere. Sechs Männer. Sechs Uniformen. Und ein russischer Panzerwagen. Alles begann gut. Vielleicht würde er Marta wiedersehen, dachte Duckstein.

Sinii steckte den Kopf aus dem Fenster.

"Genossen...! Er schrie auf Russisch.

Der Lastwagen hielt an.

Einer der Russen ging auf sie zu. Er sagte etwas, das sie nicht verstanden. Er befand sich direkt im Lichtkegel des Lastwagens.

„Jetzt...", zischte Duckstein.

Dann wurden die Windschutzscheiben gesprengt. Und eine Zehntelsekunde zuvor krachten die deutschen Maschinenpistolen.

Der Russe, der auf sie zukam, ging zurück und wich zurück, als würde ihn eine mysteriöse Kraft zu Boden drücken. Die anderen Russen versuchten, eine Schutzbewegung zu starten, kamen aber zu spät.

Gelaute und Mayer feuerten kalt.

Sie sahen, wie sie zerschmettert und ins Gesicht getroffen wurden ... Blut bespritzte den Schnee und färbte ihn rosa. Die Waffen glitten ihm aus den Händen.

Sinii hatte ihr Gesicht in ihren Händen versteckt.

"Es ist Mord...", keuchte er.

„Es ist Krieg, Sinii.

So war es. Der Krieg mit seiner Härte, mit seiner Gottlosigkeit, mit seiner Wildheit, mit der Rechtsstaatlichkeit der Stärksten ...

Die Russen starben, damit diese deutschen Flüchtlinge ihren Weg in die Freiheit fortsetzen konnten. Eine Freiheit, die nah war und die mit dem Panzerwagen der Russen noch näher wäre.

Dieses Fahrzeug musste seine große Chance sein.

IX

Sie sprangen aus dem Lastwagen und gingen auf die Leichen der Russen zu. Einer war noch nicht gestorben, Gelaute sah Mayer an. Er verstand, was dieser Blick zu bedeuten hatte und drehte sich um, um ihm auszuweichen. Dann sah er Duckstein an. Er hielt ihrem Blick stand.

"Noch am Leben...", flüsterte Gelaute und zeigte auf einen blutenden Russen.

„Töte ihn", antwortete Duckstein lakonisch. Und im Moment, als ob er es bereue, fügte er hinzu: "Oder lass ihn am Leben ... Mach, was du willst ...

Gelaute zielte auf den Kopf des Mannes. Doch bevor sein Finger am Abzug zuckte, machte Ursula einen Schritt auf ihn zu.

„Bitte...", flüsterte er. Sein Gesicht war seltsam blass. Trotz der Dunkelheit konnte man den gelblichen Farbton sehen, der es färbte.

Gelaute sah sie an. Dann nahm er seine Hand vom Zündmechanismus.

„Es wird das Beste sein", murmelte er.

Die anderen fünf getöteten Soldaten wurden ihrer Kleidung beraubt.

Duckstein kam mit einem Arm voll Kleider.

„Hier, zieh dich an", sagte er zu den beiden Frauen. „Ich denke, du wirst es gut machen... Eine der Uniformen ist mit Blut befleckt, aber du kannst sie kaum sehen. Auch mit dem Mantel wirst du nichts sehen.

Er übergab die Kleider. Alle gepolstert, von minderer Qualität, aber dem Klima angepasst.

Ursula und Sinii legen ihre Kleider ab und ziehen ihre flachen Kriegerhosen an. Sie bedeckten sich mit Skimasken. Ursulas Haar verschwand in der dicken Mütze. Sie senkten die Ohrenschützer und schlossen sie unter dem Kinn.

Duckstein kehrte mit zwei Paar Stiefeln zurück.

„Probiert sie aus", sagte er ihnen. Dann starrte er sie eine Sekunde lang an und konnte ein zufriedenes Zischen nicht unterdrücken. "Du siehst aus wie Soldaten", kommentierte er. "Besonders du, Sinii... Du siehst aus wie einer dieser verdammten Mongolen...

Sie ziehen ihre Stiefel an. Sie waren zu groß für Sinii, aber sie konnte sie tragen. Sie passen gut zu Ursula.

Inzwischen hatten die drei Deutschen ihre russischen Uniformen angezogen und die fünf sowjetischen Leichen mit der Kleidung von Gefangenen angezogen.

Gelaute stopfte Rubel in die Taschen ihrer Tunika. Dann knöpfte er den wattierten Mantel zu. Um seinen Hals hing eine russische Maschinenpistole.

"Perfekte Verkleidung", kommentierte er. Lass sie Stalin vor mich stellen und ich werde ihn mit erhobener Faust grüßen ...

Er ging zu dem Panzerwagen, aber nicht bevor er den Geldbeutel, "sein Geld", nahm.

Duckstein steuerte auf den schweren Lastwagen zu, der bis dahin das Gefährt der Freiheit war.

„Geh zum Auto", murmelte er den beiden Frauen zu. Und dann, als sie Sinii ansah, fügte sie hinzu: "Hab keine Angst, alles wird gut, kleines Mädchen ...

Er kletterte ins Cockpit, startete den Motor und steuerte auf die Stelle zu, wo die Russen in ihren Gefängniskleidern lagen. Der Lkw kam von der Fahrbahn ab, prallte gegen einen Baum und war schief. Er stieg aus der hohen Kabine, hob einen der Toten auf und legte ihn kaum auf den Fahrersitz. Diese Leiche hatte eine zerschmetterte Stirn. Es sah aus, als wäre er mit den Händen am Steuer gestorben.

Es schneite immer noch. Er rannte zu dem Panzerwagen. Seine vier Gefährten waren bereits niedergelassen, mit russischen Waffen zwischen den Beinen. Niemand hätte vermutet, dass es sich um deutsche Flüchtlinge handelte.

„Das geht", murmelte Duckstein. Ich schätze, wenn wir an unseren Warteschlangen sind, geben sie uns eine Woche Urlaub ... Und dann kann ich Marta sehen.

„Vielleicht", stotterte Gelaute.

Der Motor schnarchte wieder. Lichtstrahlen rissen durch die Dunkelheit und erhellten einen Kreis, in dem man Flocken fallen sah. Sie manövrierten mühsam und verließen schließlich die Kreuzung. Hinter ihnen ließen sie sechs Tote und einen Hinweis. Ein Hinweis, den die Russen kaum als falsch bezeichnen würden. Aber dieses "sehr wenig" war mehr als genug Zeit, um die deutschen Schützengräben zu erreichen.

Sie rollten mitten in einem Schneesturm die Straße hinunter. Der Sturm wurde mit der Zeit immer schlimmer. Die Flocken krachten heftig, von Windböen getrieben, gegen die Windschutzscheibe. Die Scheibenwischernadel bewegte sich immer schwerer und reinigte auf kleinstem Raum. Sie hielten an, um den Schnee vom Glas zu schaufeln und machten sich auf den Weg.

Wie spät wird es sein? murmelte Mayer.

"Eins... Vielleicht ein bisschen weniger", antwortete Gelaute.

"Wir werden vor Tagesanbruch dort sein ... Wir müssen dort ankommen, wenn nicht ..." fügte Duckstein hinzu.

„Bei diesem Sturm ... ich sehe es schwer.

Ursula und Sinii sahen die Männer an. Sein Leben war mit ihrem verbunden ... Entweder sie retteten ihre Haut, oder sie starben alle zusammen.

„Die Front wird etwa siebzig Kilometer entfernt sein... Wir haben uns schon lange darauf zubewegt.

"Aber wir gehen langsam", kommentierte Duckstein.

Es war wahr. Die Räder des Autos versanken im Schnee und erschwerten das Vorankommen. Die Straße wurde zunehmend unpassierbar.

"Wir bräuchten einige Ketten ... Auf diese Weise können wir nicht weiterkommen und werden stecken bleiben", fügte er hinzu.

"Wir haben nicht mit Schnee gerechnet", flüsterte Gelaute. Aber wir können die Ketten kaufen... Wir haben genug Geld.

„Und wo kaufen wir sie?

„Vielleicht haben sie in irgendeiner Stadt oder auf irgendeiner Farm, die wir finden können. Ich denke, diese Region ist reich und einige haben Traktoren ... Hoffentlich ...

Mayer unterbrach ihn.

„Oder vielleicht haben diese Bauern eine Kette und wir kommen damit aus.

"Um es zu versuchen, muss man" auf einen Bauernhof kommen ... Ich sehe es schwer.

Als wollte das Auto Duckstein zustimmen, lief es in diesem Moment auf Grund und blieb stehen. Die drei fluchten, der Motor schnarchte, ein paar unsichere Sekunden vergingen, und endlich fuhren sie wieder an.

"Jetzt haben wir es geschafft, uns aus der Not zu befreien, aber das nächste Mal ...

Duckstein schien der Untergangsvogel der Gruppe zu sein. Aber er hat nicht wirklich gelogen.

„Wir brauchen die Ketten. So schnell wie möglich ", fügte er hinzu.

Niemand antwortete. Es vergingen weitere fünfzehn Minuten. Schneeflocken schlugen auf das Glas und machten ein dumpfes Geräusch. Der pfeifende Wind drang durch die Ritzen des Autos.

Plötzlich legte Mayer seine Hand auf Ducksteins Unterarm.

„Um!" befahl er ihm.

Er tat es reflexartig.

"Was geschieht?

"Ein Licht ... Rechts, jetzt ist es nicht zu sehen ... Schau!

Einen Augenblick lang schien ein kleines Licht. Es schien sich zu bewegen, zu flackern. Es war kaum wahrnehmbar.

„Entweder zu weit oder zu schwach", murmelte Gelaute.

„Es muss ein Haus sein, ein Bauernhof... Erinnerst du dich, als wir in Etschenko waren? Dort trugen die Bauern Ikonen in Glasurnen an der Fassade ihrer Höfe und zündeten in stürmischen Nächten Kerzen an, damit der Sturm die Ernte respektiere.

"Ja ... ich habe eine dieser Ikonen gestohlen", kommentierte Gelaute leicht lächelnd.

"Es ist ein Bauernhof, klar ... Vielleicht haben sie Ketten", fügte Mayer hinzu.

„Wir werden es versuchen", flüsterte Duckstein.

Er manövrierte hart und ging auf die Farm zu. Er verließ die Straße und betrat ein Feld. Schnee bedeckte den Boden und der Unterschied war optisch kaum wahrnehmbar. Das Auto war holprig, schlingerte, fuhr aber weiter. Bald enthüllten die Lichtstrahlen die Fassade des Hofes.

Und vor seiner Tür, halb verschneit, ein russisches Auto.

„Lass uns nicht gehen", flüsterte Sinii realisierend.

Aber die drei Deutschen waren bereit, weiterzufahren, denn dieser Wagen zeigte seine Räder mit Ketten. Ihn zu packen war die einzige Hoffnung. Im Laufe der Zeit verschwanden einige Möglichkeiten und andere wurden geboren.

Sie hielten ihr Fahrzeug an.

„Los! Duckstein hat befohlen.

Als sie ihr Auto verließen, öffnete sich das Hoftor und eine Frau kam vor ihnen hergelaufen. Das war der letzte Einsatz des Dramas, das gerade im Haus begonnen hatte.

Und hinter ihr Männer in sowjetischen Uniformen.

* * *

Die vier Offiziere kamen mit einem bestimmten Ziel zu Ilvitchs Farm: Ilia.

Der alte Ilvitch verstand, was sie wollten, hielt sich aber zurück. Er machte Platz für sie, konnte sich nicht weigern und trat seine beiden Hunde, die die Neuankömmlinge misstrauisch anstarrten. Die Hunde verstummten und zogen sich mit den Schwänzen zwischen den Beinen in eine Ecke zurück.

Der alte Ilvitch betrachtete die Graduierung der Ankommenden. Einer war ein Kommandant, zwei Kapitäne und der vierte ein Leutnant.

"Womit kann ich Ihnen behilflich sein? Er murmelte.

„Wo ist deine Tochter?", fragten sie. Sie waren Männer mit direkter Aktion, die es nicht liebten, Zeit zu verschwenden.

„Meine Tochter ist nicht hier, Genossen... Wie kann ich Ihnen helfen? Er bestand darauf.

Der Leutnant schlug ihn weg und ging ins Haus. Die Hunde bellten wieder und erhielten einen weiteren Tritt. Das machte sie wütend und sie warfen sich auf den Leutnant, um ihn zu beißen. Einer der Kapitäne zog seine Pistole und feuerte viermal auf die Tiere. Sie blieben am Boden liegen, blutend, bewegungslos, tot.

Die Schüsse erzeugten das Echo einer weiblichen Stimme.

„Papa...! Was ist mit dir passiert?

Ein Mädchen von einzigartiger Schönheit erschien auf dem Treppenabsatz, der zum Boden des Hauses führte.

„Geh weg, Ilia, geh weg!! Der Bauer schrie.

Aber die Warnung kam spät. Die vier russischen Offiziere stürzten die Treppe hinauf, um das Mädchen zu verfolgen. Der alte Mann versuchte, den Fuß des letzten zu fangen. Es gelang ihm und ließ ihn auf dem Boden rollen. Aber der Offizier rührte sich vor Wut und zerschmetterte seinen Stiefel im Gesicht des Bauern, der nach hinten geschleudert wurde, gegen die Wand krachte und am Boden zusammenbrach.

"Papa!" Ilia schrie wieder.

Verblüfft starrte sie die Fremden an. Und schließlich, im letzten Moment, reagierte er. Er rannte ins Haus und schloss die Tür. Der Kommandant, der vorne war, krachte gegen die Tür. Er trat zurück, stürzte sich erneut auf sie, bereit, sie zu versenken, aber es gelang ihm nicht. Sie schlossen sich den Bemühungen der beiden Kapitäne an und hatten Erfolg.

Die Zimmer im Obergeschoss waren dunkel.

Der Lärm eines Möbelstücks leitete sie. Sie liefen dorthin. Sie wurden fast blind.

Er ging an ihr vorbei und rannte an Ilia vorbei. Sie krabbelten wie eingesperrte Bestien und wollten sie jagen. Einer der Kapitäne schaffte es, sie an ihrer Kleidung zu fangen. Aber das Kleid war zerrissen.

Das Geräusch ihrer zerrissenen Kleidung und ihrer Füße, die in ihrer Flucht liefen, entzündete die vier Männer noch mehr. Sie folgten ihr heulend wie das, was sie waren, wilde Bestien.

Sie stieg die Leiter hinab, verdrehte sich den Fuß, drohte zu fallen, sprang über den bewusstlosen Körper ihres Vaters ... Alles ging in rasender Geschwindigkeit vor sich, ohne Zeit zum Nachdenken.

Er ging zur Tür. Er wusste nicht, was er draußen tun würde. Der Sturm war in vollem Gange und es gab keine Chance, dass er nachlassen würde.

Er öffnete es und rannte hinaus. Habe nichts gesehen. Nur zwei Lichtpunkte. Und Schnee, viel Schnee, ein Schnee, an den sie gewöhnt war.

Er rannte auf die Lichtpunkte zu.

"Aussteigen!

Instinktiv gehorchte er. Die Stimme dieser Frau gab ihm Selbstvertrauen. Er brach am Boden zusammen. Und sofort übertönte das Klappern einer Maschinenpistole den Lärm des Sturms.

Die vier Beamten, die nicht wussten, was passieren würde, eilten ihr hinterher. Als sie die Schwelle der Tür betraten, bemerkten sie auch das

Vorhandensein von zwei Lichtpunkten. Aber keiner von ihnen dachte an die Möglichkeit, dass es Deutsche waren, die hinter ihnen her waren.

Als die Waffen rumpelten, war es zu spät, um ihm auszuweichen.

Der erste, der fiel, war einer der Kapitäne... Er rollte sich wie ein Ball zusammen und rollte auf dem Boden. Sofort sprang der Leutnant zur Seite. Aber nicht aus eigenem Antrieb, sondern getrieben durch den Aufprall eines Projektils.

Der andere Kapitän spürte, wie eine Reihe von Projektilen seine Brust durchbohrten. Er hob die Arme und stand im Kreuz. Das war seine letzte Geste, denn der Tod kam ihm sofort entgegen. Für ein paar Zehntelsekunden, vielleicht eine Sekunde, war er still, starr. Dann... dann brach er tot zusammen, tot.

Nur einer der vier konnte sein Leben retten. Er war der letzte, der in der Tür erschien, der Kommandant. Er rannte, er konnte nicht zurück, aber er konnte am Boden zusammenbrechen. Die Scheinwerfer des Autos erhellten ihn.

„Nicht schießen", murmelte Duckstein. Er ist ein Kommandant...", fügte er hinzu.

So war es. Ihre Abzeichen waren sichtbar. Der Schnee machte es schwer zu sehen, aber sie bemerkten die Graduierung.

Der Kommandant wurde zu Boden geworfen.

Die Deutschen rückten langsam auf ihn zu und zielten auf ihn.

"Sinii ... Komm schon, was machst du als Dolmetscher?" murmelte Mayer.

Die Stimme des Kommandanten antwortete gelassen:

„Es ist nicht nötig... ich spreche Deutsch...

„Großartig!" rief Gelaute aus." Steh auf, Schwein!

Er gehorchte langsam. Auch Ilia stand auf.

„Danke", flüsterte er auf Russisch. Sie haben es nicht verstanden, aber sie haben es verstanden.

„Ist da noch jemand, Kommandant? fragte Duckstein.

„Der Vater dieser Frau", antwortete er.

Sinii stellte Ilia dieselbe Frage auf Russisch, und sie beantwortete dieselbe Frage.

„Ist das Ihr Auto?" fragte Mayer und zeigte auf den, der die Ketten trug.

"Ja.

„Ist die Front weit weg?

„Siebzig Kilometer.

„Möchten Sie dorthin gehen, Commander? Gelaute ironisch.

„Ich bin da... Und ich werde heute Abend zurück sein.

„Klar, mein lieber Kommandant. Daran habe ich keinen Zweifel. Er wird zurückkehren ... begleitet von uns. Ich gehe davon aus, dass Sie einen Freizügigkeitsausweis haben.

„Ja. Auf meinen Namen.

„Nun, wir werden es auf unsere erweitern... Ein Kommandant und fünf Soldaten... Komm schon, Kommandant... Vergiss das Mädchen und denke über den Weg nach, der uns erwartet.

Sie stießen ihn, indem sie ihm den Lauf der Maschinenpistole in den Rücken nagelten.

Ilia folgte ihnen zum Auto und murmelte Dankesworte.

Er küsste die Hände der fünf, und als der Motor zu schnarchen begann, spuckte er dem Kommandanten ins Gesicht.

„Ich komme wieder", murmelte der russische Offizier ruhig, während er sich die Spucke abwischte und sie ironisch ansah.

„Meinst du?", fragte Mayer ihn lächelnd.

Der Russe antwortete nicht. Er zuckte nur mit den Schultern, eine gleichgültige Geste, die vieles bedeuten konnte. Oder nichts.

X

Die Räder klebten am Boden. Die Wirkung der Ketten war spürbar. Der Schnee fiel weiter und hielt die Heftigkeit des Sturms aufrecht, aber das schien die Deutschen nicht allzu sehr zu beunruhigen.

Es schien ihn auch nicht zu interessieren, was mit dem russischen Kommandanten geschah. Er war ein Mann von beeindruckender Haltung, fast unglaublicher Ruhe, der sich wie in einem Offiziersklub benahm.

Er holte eine Schachtel Tabak heraus, holte eine Zigarette heraus, setzte sie an die Lippen und zündete sie an. Alles in Stille, ohne die Geste zu machen, andere einzuladen. Gelaute betrachtete den Zigarettenrauch. Er betrachtete die grauen Spiralen, die dünnen Schriftrollen.

„Das Paket... Komm, lass es fallen...", murmelte er.

Und ohne darauf zu warten, dass der Kommandant es ihm überreichte, griff er in die Tasche des Kriegers und griff danach.

Er dachte einen Moment darüber nach.

"Amerikaner", kommentierte Gelaute.

„Was?", flüsterte Mayer, der die wahre Bedeutung des Wortes nicht verstand.

„Die Zigaretten sind amerikanisch... Gibt es keinen guten russischen Tabak? fragte er den Kommandanten.

"Nicht. Oder zumindest mag ich es nicht ... Probier es aus. Ich denke, in Deutschland wird es keinen amerikanischen Tabak geben. Rauche und schau, wie es dir gefällt ... Und wenn du viel rauchst, kannst du den vielleicht beenden packen, bevor du stirbst.

Er sagte die letzten Worte mit einem sanften Akzent und umriss ein seltsames Lächeln, als würde er seine Adresse anbieten.

Mayer spürte, wie sich Siniis Hand um seine legte.

„Fürchte dich nicht...", flüsterte er.

Der Russe saß neben dem Fahrer auf dem Sitz, drehte das Gesicht und starrte Mayer an. Er sah seine Maschinenpistole auf seinen Knien ruhen und auf ihn richten. Mayer reichte es, den Abzug zu drücken, damit aus der runden, schwarzen Mündung der Waffe ein Schuß von Geschossen schoss. Der Russe schien sich dessen nicht bewusst zu sein.

„Ich hätte Angst, Genosse", sagte er auf Russisch und sah Sinii an. Keiner dieser drei Männer wird morgen die Sonne sehen.

„Halt die Klappe! Duckstein befahl ihm. Es machte ihn nervös, eine Sprache zu hören, die er nicht verstand.

„Was hast du gesagt?" fragte Mayer Sinii.

„Dass wir sterben.

"Genau ... ich habe mehr Worte gebraucht, aber letztendlich habe ich das gesagt", erklärte er jetzt auf Deutsch.

„Halt die Klappe! Gelaute befahl ihm.

„Warum?... Nichts zählt mehr... Wir nähern uns der Front. In dreißig oder vierzig Kilometern werden wir an der Spitze sein. Glaubst du wirklich, du kannst weglaufen? ... Nein, nein, hol es dir aus dem Kopf. Es ist unmöglich, absolut unmöglich ...

„So verließ Boringezov und wir sind hier.

„Ah!... Ja, das muss ich mir eingebildet haben. Ich gestehe, dass ich nicht daran gedacht hatte, dass es sich um Flüchtlinge aus dem Konzentrationslager handeln könnte. Ich dachte, es wäre ein deutsches Selbstmordkommando oder so ... Wissen Sie, dass die letzten Nachrichten, die ich aus dem Lager erhielt, darauf hindeuteten, dass der Aufstand niedergeschlagen wurde? Ich glaube, die Zahl der Gefängnisinsassen ist um siebzig Prozent zurückgegangen.

„Macht nichts", murmelte Duckstein. Wir wollen nur nach vorne kommen. Und Sie werden derjenige sein, der uns dabei hilft ... Ansonsten ...

Er beendete den Satz nicht.

Und das Überraschende war, dass der Russe ihn, anstatt zuzucken, trotzig fragte:

„Sonst... was?...

„Wir werden ihn töten.

Er wandte das Gesicht und sah Mayer an, der derjenige war, der gesprochen hatte. Er musterte ihn einen Moment lang. Er fragte ihn nichts, aber es reichte Mayers Augen zu sehen, um zu verstehen, dass er es ernst meinte. Andererseits, was war sein Leben einigen Flüchtlingen aus Boringezov wert? Die Antwort war einfach: keine.

Sie schwiegen einige Meilen, bis sie eine gepanzerte Kompanie vor sich sahen.

Duckstein wurde langsamer.

„Was machen wir?", frage ich.

"Ist es ihnen klar?", murmelte der russische Kommandant." Es würde genügen, wenn ich schreie, es würde ausreichen, sie vor dem Geschehen zu warnen, denn ...

„Tu es", unterbrach ihn Duckstein. Und im gleichen Moment sagte auch Gelaute:

„Versuch es, wenn du dich traust.

Der Russe schüttelte den Kopf und leugnete es.

"Nein, ich traue mich nicht..." er lächelte. Ich mag das Leben zu sehr. Und die Frauen, um alles dumm zu riskieren ... "und den Tonfall ändern, fügte er hinzu": wenn ich keine Chance habe zu gewinnen.

„Hören Sie sich eines an... Wir sind bereit, an unsere Linien zu kommen, aber wenn wir es nicht können, dann zögern Sie nicht, wir beginnen mit einem sauberen Schuss.

Und der erste, der fällt, wirst du sein.

Der Russe sah Gelaute an, die es war, die sprach.

„Das würde ich auch in deinem Fall tun", murmelte er.

Die Antwort machte ihnen Unbehagen. Sie begannen zu ahnen, dass sie einem Fanatiker gegenüberstanden, einem unglaublich gelassenen Verrückten.

"Weiter, ohne Angst", deutete Mayer Duckstein an, während er den Lauf seiner Waffe sorglos oder vorgebend auf den Rücken des Russen stützte. Wenn er spricht "sagte er", bohre ich ihn.

„Ich werde nicht so ein Idiot sein. Ich mag das Leben; Ich mag Frauen "er sah Ursula an." Und ich mag Geld", fügte er hinzu und sah Gelaute an, oder eher den braunen Sack, den er zwischen den Beinen auf dem Boden hatte.

Der russische Konvoi begann zu steigen. Dutzende schwere Lastwagen, wie sie früher aus Boringezov geflohen waren, brachten Hunderte Soldaten zum Schlachthof an der Front. Jeder Lastwagen schleppte kämpfende Massen mit sich.

Der russische Kommandant erwiderte den Gruß an mehrere, die ihm ihr Abschlussbecken gaben, und begrüßte ihn.

Einige Kilometer lang rückten sie neben dem Konvoi vor. Dann haben sie es endlich verfolgt. Alle beruhigten sich wieder.

Ursula seufzte. Der Russe sah sie lächelnd an.

„Hast du Angst?... Es gab nichts zu befürchten. Ich habe dir schon gesagt, dass ich gerne lebe ... Frauen ... " und er leckte sich die Lippen, als würde er an einem unsichtbaren Bonbon lecken.

"Und das Geld ...", schloss Gelaute ...

„Ja, genau... viel Geld...

Der Blick des Russen war wieder und nur für einen Moment auf die Ledertasche gerichtet. Gelaute stellte fest, dass er Herkunft und Inhalt dieser Tasche nicht erkannt hatte.

"Höre etwas..." begann Gelau zu sagentund.

PundRo Duckstein unterbrach ihn.

„Ein Polizeiauto!" rief er aus.

Tatsächlich war in der Mitte der Straße, weniger als hundert Meter entfernt, eine Patrouille zu sehen. Die Scheinwerfer eines Autos beleuchteten sie und machten sie sichtbar.

"Los, geh... Nicht aufhören, nicht aufhören..." stotterte Mayer.

"Sei nicht dumm..." sagte der Russe. Verstehen sie nicht, dass sie uns mit Blei füllen werden, wenn sie nicht aufhören? Ich weiß, wie in der russischen Armee Befehle erteilt und ausgeführt werden, und ich möchte nicht, dass meine eigenen Soldaten mich mit Blei füllen... Halt. Ich habe einen Freizügigkeitsausweis. Wir werden sicher ausgehen.

„Was versuchst du?", fragte Duckstein.

"Der Erste, der ..." begann Gelaute zu sagen.

Der Russe machte eine müde Geste, als er kommentierte:

„Ja, ja, ich weiß... Der erste, der sterben wird, werde ich sein. Aber keine Sorge; Ich bin sehr daran interessiert, weiterzuleben ... Hör auf, wenn wir deine Größe erreichen.

Die Deutschen sahen sich an. Mayer sah Sinii und Gelaute Ursula an.

Duckstein bremste. Die Russen hatten ihre Arme gehoben, sie in der Luft gekreuzt und ihnen signalisiert, anzuhalten. Als sie das taten, näherte sich ihnen einer der Sowjets.

Der Kommandant bedeutete zu gehen, aber Duckstein packte ihn am Unterarm und drückte ihn fest.

„Ruhe...", flüsterte er mit kaum hörbarer Stimme.

Der Kommandant blieb. Der Sowjet näherte sich, und als er den Abschluss sah, stand er stramm und begrüßte ihn.

„Auf Ihren Befehl, mein Kommandant ... ich hatte Sie nicht erkannt.

„Ruhe dich aus..." Er kramte in der Gesäßtasche der Uniform und holte einen Passierschein heraus. Hier ist es.

Der Soldat las es oberflächlich. Dann sah er die anderen fünf Insassen des Autos an. Sinii und Ursula befanden sich im dunkelsten Teil des Fahrzeugs. Duckstein und Gelaute hielten ihren Blick fest, als sie das Licht des am Straßenrand stehenden Wagens einfingen. Der Soldat starrte sie eine Sekunde lang an.

„Erlauben Sie mir, mein Kommandant", murmelte er. Und er stand stramm, salutierte erneut und machte die Geste des Gehens.

„Halten Sie es! ... Wohin geht es? Der Kommandant fragte ihn.

Sie sprachen Russisch. Die Deutschen verstanden nicht, was geschah. Aber die Reaktion und der Ton der Stimme des Russen überzeugten sie, dass er nicht versuchte, ihn zu verraten. Zumindest für den Moment.

Der Soldat blieb stehen.

"Mein Kommandant, er wurde von drei anderen Offizieren, zwei Kapitänen und einem Leutnant begleitet, und jetzt ...

"Und was macht es aus, Dummkopf? ... Sie haben Arbeit und werden später wiederkommen", kommentierte er verschmitzt und deutete damit an, was für einen Job sie hatten. Und ich habe diese fünf Soldaten von meiner Kompanie abgeholt. Mein Pass schützt sie.

„Es tut mir leid, Kommandant, aber ...

„Was sagen Sie? ... Zweifeln Sie an den Worten eines Offiziers der sowjetischen Armee? "explodiert.

Die Schreie zogen einen russischen Leutnant an, der angerannt kam. Als er den Kommandanten sah, richtete er sich auf und salutierte.

„Lieutenant!... Befiehl, diesen Idioten für eine Woche zu verhaften! Und pass auf, dass er seine Strafe vollbringt. Du hast dir erlaubt, an meinem Wort zu zweifeln.

„Ich präsentiere meine Entschuldigungen, Commander... Sie können ruhig vorbeigehen. Und ich kümmere mich darum, dass Ihre Bestellung ausgeführt wird". Er richtete sich wieder auf und trat ein paar Schritte zurück, um den Weg für das Fahrzeug freizumachen. Zur gleichen Zeit, als sie den Marsch wieder aufnehmen wollten, fügte er hinzu: „Kommandant, ich warne Sie, dass in den letzten zwei Stunden ein kleiner Rückzug von uns stattgefunden hat.

„Wie viele Kilometer ist die Front jetzt?

„Ungefähr zwanzig, mein Kommandant.

"Gut, danke.

"Zu Ihren Diensten.

Sie ließen ihn bald zurück. Ein zufriedener Seufzer entkam allen Lippen.

„Dankbar, Commander", murmelte Mayer.

Er schüttelte den Kopf.

„Nein, nein, bitte... Danke mir nicht. Dies ist kein Gefallen; es war ein Job, ein Dienst ...

„Was soll das heißen?", fragte Gelaute. Aber er kannte die wahre Bedeutung der Worte des Mannes.

"Deine Tasche, Freund ... diese Tasche interessiert mich", antwortete die Russin leise und nickte auf die Tasche, die Gelaute zwischen ihren Beinen aufbewahrte.

„Was bedeutet das?", wiederholte er noch einmal.

"Ihr Geld sagte lakonisch ...

„Geld?... Nein, wir haben nicht...

"Zieh es raus", flüsterte der Russe mit einer Miene der Müdigkeit.

„Es ist Essen, wir mussten vorbereitet sein, falls der Flug ein paar Tage dauerte.

„Soll ich es glauben?... Mach mich nicht zu so einem Idioten... Ich lasse dich zwanzig Prozent bleiben. Es wird ein gutes Geschäft für Sie sein. Außerdem ist es russisches Geld ... Wenn es die deutschen Linien erreicht, und es kommt, wenn wir uns einigen, wird dieses Geld enteignet und geht in die Kassen des deutschen Staates. Haben Sie nicht über diese Möglichkeit nachgedacht?

"Es gehört mir", murmelte Gelaute, die nicht wirklich damit gerechnet hatte, dass so etwas passieren konnte.

„Ja, vorerst gehört es dir, aber wenn du dort ankommst, wird es nicht mehr sein... Mit diesem Geld kannst du hier etwas machen, hinter den russischen Linien, aber dort... da sehe ich es schwer. Hier kannst du zum Beispiel deine Freiheit kaufen...

Der Russe lächelte selbstsicher.

Duckstein hörte für eine Sekunde auf, auf die verschneite Straße zu schauen und starrte ihn an.

„Was unterstellst du?

„Ich unterstelle nicht; Ich sage es deutlich. Achtzig Prozent von dem, was in der Tasche ist, ist für mich. Der Rest für dich. Und im Gegenzug erreichen sie die deutschen Linien.

"Wenn nicht?

„Also... ich glaube, ich erinnere mich, dass sie mir gesagt haben, dass sie mich töten würden, wenn ich versuche, ihre Flucht zu verhindern, richtig?

"Ja.

„Nun, sie werden mich töten.

Er verstummte. Das einzige Geräusch, das die Stille im Inneren des Autos durchbrach, war das Geräusch des Motors, der schnarchte, während er gegen den Schnee kämpfte.

Dieses Schweigen ließ Gelaute verstehen, was die wahren Absichten seiner Gefährten waren. Er sah Ursula an und sah eine Bitte in ihren Augen. Bei Mayer eine Bestellung. Bei Sinii ein Wunsch; komm aus all dem lebendig raus.

„Es ist mein Geld...", flüsterte er stimmlos.

Niemand antwortete. Die Stille störte ihn mehr als jede andere Art von Reaktion.

"Es ist mein Geld...", wiederholte er.

"Es gehört dem russischen Staat", antwortete der Kommandant schließlich ruhig.

„Und zum Teil gehört es uns, Gelaute", murmelte Duckstein. Nicht vergessen; Sie haben es mitgenommen, um die vielen Stunden zu bezahlen, die Sie bei Boringezov gearbeitet haben. Aber wir arbeiten auch dort... und werden nicht bezahlt.

„Es ist mein Geld...", flüsterte er wieder.

Er spürte, wie ihm Schweiß, nur ein paar Tropfen, auf die Stirn stiegen. Er spürte auch Ursulas Hand auf seiner, die ihn fest drückte. Diese Geste ließ ihn viele Dinge verstehen.

„Glaubst du...?", begann er zu sagen, ohne seine Frage zu beenden.

Ursula nickte mit dem Kopf. Gelaute seufzte und spiegelte Traurigkeit und Müdigkeit wider.

„Fünfzig Prozent", murmelte er schließlich.

Der Russe schüttelte den Kopf.

„Ich will achtzig ... ich könnte hundert Prozent verlangen, aber achtzig sind mir genug, weil ich möchte, dass sie sich an Russland erinnern.

"Sehr nett..." Gelaute grinste.

Währenddessen rückten sie vor und schluckten Kilometer um Kilometer. Sie passierten eine Formation schwerer Lastwagen. Einen halben Kilometer später stoppte sie eine Überwachungspatrouille erneut. Der Russe zeigte seinen Freizügigkeitspass und nichts passierte. Sie gingen durch Artillerieanlagen. Es wurde an der Montage gearbeitet, das Arbeitsfeld war von Freudenfeuern schwach erleuchtet.

„Das entscheidet...? Achtzig Prozent schaffen es unbeschadet an ihre Linien.

„Ja", sagte Gelaute kaum hörbar.

„So mag ich es... Gib es mir.

Der Deutsche gehorchte mechanisch. Der Russe starrte sie einige Sekunden lang an. Er dachte, es gäbe keine Möglichkeit, es zu öffnen, wenn nicht sie feuerten ein paar Schüsse auf das Schloss ab, die das Entfernen des Riegels verhinderten.

Er legte die Hand an die Seite und zog die Pistole.

Mayers Reaktion war, ihm die Maschinenpistole heftig in die Seite zu schlagen.

„Keine Angst", stotterte der Kommandant und zuckte zusammen.

Er feuerte, ließ den Verschluss zuschnappen, steckte die Waffe zurück. Mayer hörte auf, sich mit dem Maschinengewehr in die Nieren zu stechen. Er fing an, das Geld in Handvoll zu nehmen und reichte es Gelaute.

„Ich behalte die Tasche... Du mit deinen zwanzig Prozent..." Er sprach mit falscher und nerviger Freundlichkeit. Aber das machte

Gelaute nichts aus, sie nahm die Scheine und steckte sie in die Taschen des wattierten und weiten Militärmantels.

Sie durchbrachen neue Artillerieformationen. Im weiteren Verlauf nahm die Animation zu. Bald sahen sie überall Soldaten. Sie kreuzten mit anderen Fahrzeugen.

Der Kommandant, den Blick auf die Unendlichkeit gerichtet, blieb regungslos und ernst.

Mehrere Überwachungspatrouillen begrüßten sie vom Straßenrand. Sie durchquerten eine bergige Region, die mit Wäldern bedeckt war. Offenbar war hart gekämpft worden, Zoll für Zoll gegen den Boden gekämpft. Man sah Haubitzenkrater, gefällte Bäume, verbrannte Waldstücke. Und Tote, Hunderte von Toten, bedeckt von Umhängen und Schnee, aufgetürmt auf den Lichtungen des Waldes. Der Krieg zeigte sich in seiner ganzen dummen Rohheit.

Eine Überwachungspatrouille kam ihm entgegen. Die losen Mäntel gaben ihnen ein gespenstisches Aussehen.

Der russische Kommandant murmelte:

"Halt ... Wenn wir noch länger weitermachen, werden wir misstrauisch ... Ich nehme an, die Deutschen sind auf der anderen Seite dieses Berges ... Weniger als ein paar Kilometer ...

Duckstein gehorchte. Sie ließen die Patrouille passieren, die sich einen Moment umsah.

„Ist die Front weit weg? Der Russe fragte sie.

"Im nächsten Trog, mein Kommandant ... Das ist jetzt ein Niemandsland" und deutete mit einer Geste auf einen unbestimmten Punkt, der nicht weiter als fünfhundert Meter lag.

„Gut, danke. Sie können weitermachen.

„Auf Ihren Befehl, Commander.

Sie sind gegangen.

"Runter", fragte der Russe. Die Deutschen gehorchten. Sie fühlten sich seltsam glücklich. Was unmöglich schien, würde passieren. Die Freiheit war nahe. Um elf Uhr nachts kämpften sie in Boringezov. Jetzt, wenige Stunden später, sollten sie die deutsche Front erreichen. Ein Traum wird wahr.

„Ich wünsche dir viel Glück“, murmelte der Russe. Viel Glück... Und vergessen Sie nicht, die Rubel den deutschen Behörden zu übergeben. Das wird dem sowjetischen Spionagedienst zu Ohren kommen und so wird die Situation gerettet und niemand wird mich fragen, wo zum Teufel ich das Geld habe.

„Das werden wir“, murmelte Mayer. Darf ich Ihnen für alles danken?

„Nicht. Er würde sie mir geben, weil ich mich nicht würdevoll benommen habe... Aber Geld ist Geld... Verschwende keine Zeit mehr. Verschwinde. Und Glück.

Sie gehorchten. Mit den Maschinenpistolen auf den Schultern steuerten sie auf den von den Russen als Niemandsland bezeichneten Punkt zu. In ihren langen, wattierten Mänteln sahen sie aus wie sowjetische Soldaten. Niemand würde ihre wahre Ausreißerpersönlichkeit bemerken.

Sie machten ein paar Schritte nach vorn. Seine Füße versanken im Schnee. Die Flocken hüllten sie ein und verwandelten ihre Körper in verschwommene Schatten.

Die Nacht begann sie zu verschlingen.

Sie sollten bald die Freiheit erlangen. Nur noch wenige hundert Meter und sie erreichten die deutschen Linien.

Gelaute hatte Lust zu singen, schreien, schreien ...

Duckstein dachte an seine Frau, an Marta. Und zum ersten Mal, seit er von ihr getrennt war, stürmte eine Vorahnung in sein Gehirn: Marta war bei einem Bombardement ums Leben gekommen. Es war wie ein Schlag, wie ein Schlag, der ihm in die Stirn schlug. Er schüttelte verneinend den Kopf; Er wollte diese Idee beiseite legen, er wollte vergessen, aber er konnte nicht. Er war sich sicher, dass Marta gestorben war. Und ohne... ohne sie zu leben interessierte ihn nicht. Es war eine starke, brutale Intuition ...

Mayer sah Sinii an. Sie lächelte, aber er konnte es nicht erkennen. Er hielt eine Sekunde inne, um sich neben sie zu stellen.

Ursula verspürte ein ungeheures Verlangen zu weinen. Es beendete die Strafen, die schrecklichen Tage, die in den Händen der Russen verbracht wurden ... Freiheit, Freiheit war nahe ...

Aber alle lagen falsch.

Das Schicksal würde sie wieder zwischen das Schwert und die Wand stecken.

Eine Stimme, die sie erkannten, überwand das Schnurren des Schneefalls. Es war die Stimme des Kommandanten, der heulte:

"Feuer!!

XI

Der Schrei des Russen klang wie ein Todesschrei. Es gab Momente der Verzweiflung. Die Flüchtlinge blieben stehen.

„Schwein...", murmelte Duckstein.

„Bastard! Gelaute spuckte.

Sinii spürte, wie ihr ein Frösteln über den Rücken lief. Seine Augen weiteten sich fast unglaublich und fixierten Mayer. Sie war wie gelähmt vor Schrecken und rührte sich nicht.

Die Stimme des Kommandanten war wieder zu hören:

„Deutsche Flüchtlinge !!... Sie marschieren in Richtung Niemandsland !!

Sie verstanden die Bedeutung der russischen Wörter nicht, aber es wurde verstanden, dass sie das Objekt der Schreie waren.

Ein Scheinwerfer riss durch die Dunkelheit. Sein Lichtstrahl bohrte sich wie ein monströser und unfühlbarer Finger in den Himmel. Dann senkte es sich fast plötzlich und grub sich in den Boden, um dann einen Kreis zu bilden, der durch den Wald lief, den Lichtstrahl auf den kräftigen Baumstämmen brach und die Größe der fallenden Schneeflocken geisterhaft vervielfachte. Schreie und Stimmen waren zu hören.

Sie klangen rechts und links. Unausgesprochene Rufe, unverständlich, aber das würde den gesamten Frontabschnitt in Bewegung setzen.

„Los!! Duckstein brüllte.

Er war der Erste, der reagierte. Er stürzte vorwärts, rannte wie ein Reh und hielt die Maschinenpistole mit einer Hand. Beim Laufen wirbelten seine Füße den Schnee auf und ließen ihn fliegen.

Mayer nahm Sinii bei der Hand. Seine Geste war überhaupt nicht liebevoll. Aber damals spielten diese Details keine Rolle. Das einzig Wesentliche war zu fliehen, das Niemandsland zu durchqueren, den

Berghang hinabzusteigen und in der Mulde zu eilen, bis man die deutschen Linien erreicht.

Aber seine Überraschung war riesig, als er merkte, dass Sinii ihm nicht folgte. Ich konnte nicht laufen. Ich war wie gelähmt vor Angst.

„Komm schon, Sinii, komm schon!! Er wiederholte.

Er zog noch einmal, aber das Mädchen schien wie verwurzelt im Boden zu sein, als wären ihre Füße plötzlich zu Wurzeln geworden, die in der Erde unter der weichen weißen Schneedecke verwurzelt waren.

Sinii hatte nur die Kraft, den Kopf zu schütteln und zu leugnen.

Mayer sah sie verzweifelt an. Was zum Teufel war jetzt los? Er fluchte im Geiste. Eine Möglichkeit ging ihr durch den Kopf: Sie hatte Angst, sich den Deutschen zu ergeben. Er vermutete vielleicht, dass sie für die Nazis Russin sein würde. Angst. Angst. Angst ... immer Angst.

„Sinii, Sinii..." Mayer stöhnte fast.

Sie waren allein. Gelaute, Duckstein, Ursula liefen den Hang hinunter.

Ein neuer Fokus begann, in die Eingeweide des Waldes einzudringen. Er überquerte schnell, flüchtig, brach gegen die Bäume, ging über sie hinweg und setzte seinen Weg fort, getrieben von einer nervösen Hand.

Für eine Sekunde, vielleicht nur für eine Zehntelsekunde, beleuchtete es sie.

„Sinii! Mayer brüllte.

Neue Schreie. Näher. Alles war vorbei.

„Sinii!... Komm schon!!...

Er schrie wie ein Verrückter. Aber sie konnte ihre Füße nicht bewegen, keinen einzigen Schritt. Sie war immer noch eine Gefangene ihrer Angst.

Mayer packte sie an den Haaren und starrte sie an.

"Sinii ... Willst du kommen? ... Willst du mich? ...

Sie nickte mit dem Kopf.

Da merkte Mayer, dass sie keine Angst vor den Nazis hatte. Nur diese Angst packte seine Muskeln, seine Nerven, gefror das Blut in seinen Adern und hinderte ihn daran, zu reagieren.

Ich bezweifel das nicht. Er hob heftig seine Hand, riss schnell durch die Luft und schlug sie schließlich gegen das Gesicht des Mädchens. Sinii wandte ihr Gesicht ab, getrieben von Gewalt. Aber Mayer wiederholte die Geste in die entgegengesetzte Richtung und dann wieder nach rechts und wieder nach links. Alles sehr schnell, in wenigen Sekunden.

Sinii schüttelte den Kopf, als ob ein verrückter, veränderlicher Hurrikan mit ihr spielte.

„Los! Mayer brüllte.

Dann ja. Dann konnte sie mit Mayer an der Hand laufen. Seine Füße zerquetschten den Schnee, der schwach knirschte.

„Runter!" schrie Mayer. Und während er schrie, warf er sich auf sie, beide rollten sich auf dem Boden, Mayer schlug auf einen Baumstamm, verschwand aber dahinter, während der Lichtstrahl eines Scheinwerfers die Stelle kreuzte, an der sie sich einen Augenblick lang begegnet waren Vor.

Als das Licht vorbei war, stand Mayer auf. Er streckte Sinii die Hand hin, um ihr zu helfen. Aber sofort zog er es heraus und schlug auf die Maschinenpistole, die er nach rechts richtete. Der Abzug prallte unter dem Druck seines Fingers zurück, und aus der runden Mündung der Waffe brach eine Feuerflamme aus, die einen Bleistrahl entfachte.

Drei Russen waren vor ihnen aufgetaucht, als wären sie aus demselben Land geboren. Oder vielleicht aus dem Schnee, als wären die Flocken zusammengekommen und hätten drei Männer erschaffen.

Sie waren die ersten, die überrascht waren, als sie die Fackeln sahen. Die Sicht war sehr schwach. Die Feuerblitze loderten und beleuchteten die tragischen Gesten der Qual, die die drei Männer schufen. Einer von ihnen zuckte mit den Schultern. Der andere sprang zurück, von der Wucht des Aufpralls gestoßen. Der dritte schien sich vor dem Tod aufzurichten, hob das Kinn, die Arme steif, die Beine steif. Er zögerte, taumelte, hielt aber an seiner Starre fest, bis er vorwärts raste und in den Schnee krachte.

„Los! Mayer brüllte.

Sinii folgte ihm. Er hatte seine Angst verloren. Die Schläge des Deutschen ließen sie reagieren.

Fast sofort lief ein Scheinwerfer durch den Wald und suchte nach der Stelle, an der der kurze Burst geklingelt hatte. Mayer zuckte zusammen und änderte abrupt die Richtung. Sinii folgte ihm und wich dem Strahl und dem Licht aus, das in diesem Moment über die drei Leichen ging. Es war ein schneller Schritt, wie eine flüchtige Liebkosung. Aber er trat zurück und beleuchtete sie.

Neue Schreie waren zu hören.

Mehrere Patrouillen hatten ihre Stellungen aufgegeben und waren aufgebrochen, um die Hänge des Berges zu erkunden.

Sinii scheiterte beim Versuch, über einen Baumstamm zu springen, schlug ihr Bein auf und fiel zu Boden.

„Es war nichts...! Komm schon, Kleiner! Mayer ermutigte ihn.

Aber es war ein schwerer Schlag gewesen. Als sie wieder versuchte zu rennen, brachte der Schmerz sie zum Stöhnen. Es war, als würden Hunderte von winzigen Nadeln in seinen Beinmuskeln stechen.

Neue Schreie. Russische Wörter.

„Geh... Geh...", stöhnte Sinii.

"Komm schon, Kleines, komm schon!" wiederholte Mayer

Die Schreie klangen nah. Wo waren die anderen? fragte sich Mayer. Duckstein, Gelaute... wo waren sie? Warum halfen sie ihnen nicht?

„Ich kann nicht... Geh, Mayer, geh... Viel Glück...

Der Deutsche zögerte nicht. Er beugte sich über sie, packte mit der linken Hand ihr rechtes Handgelenk, schob seinen rechten Arm zwischen ihre Beine, hob sie hoch und trug sie auf seine Schultern.

Hinter ihm schrie jemand. Er verstand nicht, was sie sagten, aber er spürte, dass sie ihm befiehlten, damit aufzuhören.

Ein Scheinwerfer erwischte ihn vollständig. Verflucht. Er konnte nicht erwischt werden. Er wollte nicht zurück nach Boringezov oder einem der anderen Konzentrationslager der Sowjets im ganzen Land. Er zog es vor, zu fliehen, bis er starb.

Er wandte sich nach links, dann nach rechts und wich einem Baum aus ... Das Licht folgte ihm, verlor sich, wandte sich um, um nach ihm zu suchen ...

Aber er wusste, dass alles nutzlos war, denn er würde sterben. Er würde sich nicht lebend fangen lassen. Er würde nicht bei einer Bestellung aufhören. Ich musste weitermachen! Auch wenn es nur ein paar Meter waren. Aber sie wären zwei Meter näher an den deutschen Linien.

Und dann ertönte ein Schuß von Schüssen.

Sinii stöhnte und dachte einen Moment über die Möglichkeit nach, dass sie getroffen worden war. Aber er dachte, nein, das kann nicht sein, denn ... weil die Schüsse vor ihnen geboren wurden. Es waren Blitze, die die Dunkelheit durchdrangen.

„Deutsche? Russen?... Ich wusste es nicht. Aber er rannte weiter. Und er rannte bis zu diesem Punkt, weil er spürte, dass dort, genau dort, die einzige Möglichkeit der Rettung bestand.

Er hat die Waffe wieder abgefeuert. Die Russen antworteten, Rufe und Befehle waren zu hören, das Geräusch eines zu Boden fallenden Körpers, der Fluch, den jemand auslöste, der beim Zufluchtsuchen heftig gegen einen Baum gestoßen war, der schmerzhafte Schrei eines sowjetischen Schlages, gebissen, von das brennende Blei.

Mayer sprang auf den Baumstamm, der plötzlich vor ihm auftauchte und hinter dem sich sein Retter geflüchtet hatte.

„Los!... Weiter!...“, schrie Duckstein ihn an.

Er war es. Er hielt die Maschinenpistole in der Hand, die Ersatzmagazine steckten in dem Gürtel, der seinen Mantel hielt. Enge Lippen, zusammengekniffene Augen, Anstrengung, die Dunkelheit zu durchdringen ...

Mayer sah ihn einige Sekunden lang an. Er atmete schwer, müde von der Anstrengung.

„Komm schon, Duckstein", befahl er.

Sein Fluchtpartner schüttelte den Kopf.

„Es lohnt sich nicht... Es lohnt sich nicht...", murmelte er.

Und wieder drückte er den Abzug seiner Maschinenpistole und erbrach einen langen Bleistrahl. Mayer verstand nicht, was passiert war. Er ahnte nicht, was in diesem Mann vor sich ging. Er wusste nicht und konnte es auch nicht wissen, dass Duckstein absolut sicher war, dass seine Frau bei einem Bombardement ums Leben gekommen war. Deshalb war er dort, warum er seine Schritte zurückverfolgt hatte, als er Mayers ersten Windstoß hörte. Ich wollte jemandem nützlich sein. Seine Frau lebte nicht, seine arme Frau Marta war gestorben. Jetzt hatte das Leben keinen Sinn mehr für ihn. Es war ihm genauso wichtig zu sterben wie zu leben. Und zum Sterben gebracht ... er wollte, dass sein Opfer nicht unfruchtbar war.

„Komm schon, komm schon...", zischte Mayer.

Duckstein schüttelte den Kopf und schubste ihn fast heftig, als wollte er ihn abschütteln.

„Verschwinde...", keuchte sie und öffnete kaum ihre Lippen.

Mayer hielt seinen Partner für verrückt. Aber es gab nichts, was er tun konnte, um ihm zu helfen. Er rannte weiter, den Hang hinunter, auf der Suche nach der Mulde, mit seiner kostbaren Last auf den Schultern.

Er hörte wieder das Gesänge der Maschinenpistolen. Er wusste nicht, was ein paar Meter entfernt hinter seinem Rücken geschah, aber er konnte es sich gut vorstellen.

Duckstein drückte den Abzug, bis das Magazin leer war. Mit einem Schlag blies er das nutzlose Stück weg und ersetzte es durch ein neues. Er hat wieder geschossen. Er tat es kalt und berechnete die Wirksamkeit seiner Munition. Er wusste, dass sie bald ausgehen würden. Aber es war ihm egal. Er wusste, dass es wie ein Außenposten der deutschen Front inmitten der russischen Front war. Aber es war ihm egal. Er wusste, dass er sterben würde. Aber es war ihm egal...

Ein Scheinwerfer lokalisierte ihn und beleuchtete ihn vollständig.

Duckstein war hinter einem umgestürzten Baumstamm, kniete auf dem Boden, sein rechter Fuß ruhte auf seiner Sohle und die Maschinenpistole auf seinem Bein, damit es als Stütze diente. Als das Licht ihn traf, veränderte sich kein einziger Muskel seines Körpers. Nicht einmal die Augenlider bewegten sich und versuchten, dem leuchtenden Strahl auszuweichen, der sie verletzte. Es war ihm egal.

Die Sekunden vergingen. Dann eine Minute. Dann weitere Sekunden und eine weitere Minute. Das war das Einzige, was ihm wichtig war. Er wußte, daß seine Gefährten inzwischen auf die deutschen Linien zuliefen.

Er musste nicht laufen. Er wollte nur, dass sich der Tod so schnell wie möglich dort in der Unendlichkeit mit Marta trifft. Aus diesem Grund war er sich sicher. Marta war im Unendlichen. Und er würde an ihre Seite kommen.

Er drückte weiter ab und erbrach Blei, bis das Magazin leer war.

Er sah die Russen sich vor ihm winden, seine Schritte unterbrechen, Zuflucht suchen... Aber er sah sie, ohne sie zu sehen. Er hat das alles kaum mitbekommen. Er sah einen Schatten, einen Mann, der auf ihn zielte und einen Sekundenbruchteil später feuerte.

Was als nächstes geschah, war ihm egal.

Er spürte auch nicht das Zischen der Kugeln, die um ihn herum schossen. Der Lichtstrahl beleuchtete ihn und hob ihn in der Dunkelheit als perfektes Ziel hervor. Vielleicht wurde er aufgrund seiner Sichtbarkeit nicht erreicht. Flocken tanzten um ihn herum und umhüllten ihn. Auch die Projektile kreuzten sich schnell neben ihm, ohne ihn zu berühren.

Bis schließlich ein Stück Metall in seine Schulter sank und ihn wütend traf. Angetrieben durch den Schlag wollte er fallen, fing sich aber wieder auf. Auf seiner Schulter wurde Blut geboren. Und auch auf seine Lippen, denn um den Schmerz einzudämmen, biss er brutal darauf. Er schaltete die handgehaltene Maschinenpistole um und ließ sie mit seinem verletzten Arm los, um nur den Abzug zu drücken. Die Metallköpfe der Projektile flogen weiter. Aber jetzt respektierten sie ihn nicht mehr. Sie schienen Geschmack am Fleisch des Deutschen gefunden zu haben. Ein neues Projektil traf ihn, diesmal in die Wange, und zog eine tiefe Furche. Blut spritzte ihren Hals hinunter, wo es den dicken, groben Saum des Mantels fand, den es durchnässte, um später weiter vorne herunterzulaufen.

Duckstein war unbeeindruckt. Wie schmerzunempfindlich. Er drückte immer wieder auf den Abzug.

Jetzt hatten sich die Schüsse gegen ihn vervielfacht. Es war wie ein Zaun, der Feuer aus dem ganzen Sektor zog.

Es war dem Glück unmöglich, ihn weiterhin zu beschützen. Deshalb traf ihn eine Explosion in die Brust, durchbohrte ihn, durchlöcherte ihn, spaltete ihn beinahe materiell.

Ducksteins Reaktion war absurd. Er sprang wie von einem Katapult geschleudert und stand auf dem Stamm, unglaublich ausbalanciert und zugleich absurd.

Er brüllte vor Schmerzen, schloss die Augen, ein Schluck Blut sehnte sich auf seinen Lippen, um den Schrei zu übertönen, während sein Finger weiter auf den Abzug drückte, ohne zu wissen wer, die letzten Projektile aus dem Magazin verschwendete.

Das Scheinwerferlicht strahlte noch immer auf ihn. Es bot eine beeindruckende, majestätische, unglaubliche, Danteske-Show ...

Die Projektile trafen seinen Körper. Aber Duckstein ist nicht gefallen. Er musste tot sein, aber er brach nicht wie ein Weichei zusammen.

Die Maschinenpistole entkam seinen Händen, fiel schwer und versank teilweise im Schnee.

Aber er ist nicht gefallen.

Seine Hände hoben sich schwach, getrieben von der wenigen Kraft, die er noch hatte, streichelte seine Brust, seinen Bauch, seinen Bauch ... Er tauchte seine Finger in sein eigenes Blut, das herausquoll und die dick gepolsterte Kleidung durchtränkte.

Aber er ist immer noch nicht gefallen.

Die Russen schossen weiter auf die Deutschen. Jedes Projektil, das in seinen Körper eindrang, durchschlug zuerst den wattierten Mantel. Die Kleider schienen lebendig zu werden, pochend, zitternd ...

Er bemühte sich noch einmal. Eine enorme Belastung für seinen fast leblosen Körper. Er schaffte es, die Lippen zu öffnen, auszuspucken Blut, das seinen Mund füllte. Und bevor ein neuer Schluck Blut die Spucke ersetzte, murmelte er:

„Verdammt... schlimm... sagen... husten...

Dann, erst dann, fing er an, sich zusammenzukrümmen und die Hände vor dem Bauch zu falten. Er zuckte langsam mit den Schultern, sehr langsam, und es gab immer noch eine lange zweite Hockstellung.

Dann landete ein neuer Schuss in seinem Kopf und ließ ihn dauerhaft das Gleichgewicht verlieren. Und schickte ihn, weil er bis zu diesem Moment nicht gestorben war, um Marta ins Reich der Unendlichkeit zu treffen.

Wie war sich Duckstein des Todes seiner Frau sicher gewesen? Niemand würde es jemals erfahren. Er hat das Geheimnis mitgenommen.

Das Scheinwerferlicht beleuchtete ihn für eine Weile. Die Russen näherten sich ihm und betrachteten ihn, nicht ohne bewundernd über Deutsch zu sprechen.

Und als sie die Leiche von untersuchten Duckstein, das Geräusch von Schüssen und Explosionen überkam sie.

Der Krieg ging weiter. Oder zumindest der Privatkrieg der Gefangenen gegen die Fronten.

XII

Gelaute und Ursula waren die ersten, die im Niemandsland ankamen. Sie stürzten hinein wie ein Hurrikan.

Gelaute hielt einen Moment inne und wartete auf das Mädchen. Er streckte die Hand aus, und gemeinsam setzten die beiden vereint ihre Flucht fort. Der Trog war frei von Bäumen. Es bestand aus einer enormen Menge von Steinen, durch die das Halbechobett eines Flusses lief. Der steinige Flussboden mit seinen goldenen Rändern war weißlich. Über ihm standen die beiden Silhouetten, die von Stein zu Stein sprangen oder liefen, wenn es das Gelände zuließ. An manchen Stellen schien das Wasser zu stehen, als wartete es darauf, dass eine Allee seinen Lauf wieder aufnahm. Schneeflocken schwebten gerinnend über ihr.

Gelaute schätzte die Entfernungen falsch ein und statt nach einem Stein zu greifen, tauchte sein Fuß ins knietiefe Wasser. Das Wasser spielte keine Rolle, auch nicht das Gefühl von Kälte.

Aber genau in diesem Moment verschmolz ein neuer Maschinengewehrschuss mit dem, der hinter ihm ertönte. Nur dass die Böe vor ihnen geboren wurde, auf die Steine schlug, den Spiegel des ruhigen Wassers zerbrach und an ihnen vorbeizog, die goldenen Kanten hob und sie mit ihrer Heftigkeit entließ.

Ursula stürzte nach rechts. Gelaute hörte nicht auf. Er joggte und rannte weiter.

Er verstand, was geschah.

„Wir sind Deutsche !! Er "heulte". Nicht schießen !!... Wir sind Deutsche !!...

Ihre Schreie hallten seltsam im Trog wider. Das Echo vervielfachte und verzerrte sie.

"Nicht schießen!! ...", wiederholte er.

Aber eine neue Explosion begrüßte ihn. Er musste sich hinter einen breiten Felsen fallen lassen, hüfttief im Wasser. Die Projektile hoben Scherben aus dem Fels. Funken auch.

Gelaute empfand Angst, ungeheure Angst.

„Ursula!" rufe ich.

Er wollte ihre Stimme hören. Er wollte sich nicht allein fühlen. Er wünschte, jemand wäre an seiner Seite.

Er erhielt keine Antwort.

Er dachte an die Möglichkeit, dass ihn eines der Projektile getroffen hatte.

„Ursula! Er schrie wieder.

„Was? murmelte das Mädchen. Die Stimme klang sehr nah. Er drehte sich um und sah sie auf den goldenen Rändern zerquetscht, ebenfalls hinter einem Stein geschützt, aber kleiner als der, der ihn schützte.

»Sie gehören uns ... Sie schießen mit Maschinengewehren auf uns ...«, zischte Gelaute und spürte, wie ein Schauder der Angst ihren Körper überkam.

Aber die Möglichkeit, die Ursula für ihn entdeckte, erfüllte ihn noch mehr mit Angst.

"Vielleicht sind es Russen...", murmelte sie.

An diese Möglichkeit hatte Gelaute nicht gedacht. Er blickte über den Trog. Alles lag im Schatten. Dann sah er hinter sich. Er sah das Leuchten der Scheinwerfer, sah die Blitze, die in den Schatten blitzten.

„Das kann nicht sein... es kann nicht sein...", murmelte er.

Stille vor ihnen. Kämpfe hinter ihrem Rücken.

Wo zum Teufel waren die Deutschen? Waren es Deutsche oder Russen? Wenn sie Russen wären, könnten sie sich vom Leben verabschieden ... Die Flucht, der Kampf, die Angst ... Alles umsonst.

„Hör mir zu!!... Hör mir zu!!... Wir sind Deutsche!! Wir sind Deutsche, Flüchtlinge aus einem Gefangenenlager !!... Nicht schießen !!

Niemand antwortete.

„Das sind Russen", keuchte Ursula.

Gelaute rieb sich die Hände. Er war hüfttief in Eiswasser getaucht. Er hat sich umgesehen.

„Ursula...", murmelte er.

"Was?...

"Vielleicht sind sie Russen... vielleicht sind sie es nicht... Aber wenn sie es sind... Wenn ich sterbe..." Er brach ab.

„Was? Sie hat ihn ermutigt.

„Wenn ich sterbe... glaube eines; Ich werde es bereuen, weil ich nicht an Ihrer Seite weitermachen kann. Der Rest ist mir egal. „Die letzten Sätze waren schnell gesagt, als ob man versuchen würde, ein Gewicht loszuwerden.

Er sah Ursula an. Er vermutete, dass ihre Augen nass waren. Er konnte sie nicht sehen, weil die Schwester ihn nicht ansah.

„Ursula, ich... vielleicht verstehst du es nicht, aber...

Es fiel ihm schwer, weiterzureden. Er machte einen neuen Versuch.

„Ich, Ursula ... ich glaube ..." Er beendete den Satz nicht. Zuvor wurde er kraftvoll und laut von einem Lautsprecher unterbrochen.

„Hey!!... Wenn du deutsche Soldaten bist, steh auf, Hände hoch!!

Es kam aus dem deutschen Sektor.

"Danke, mein Gott...", flüsterte Ursula.

Sie gehorchten beide. Langsam, vorsichtig.

„Hände auf den Kopf !! Die Stimme warnte. Gelaute, die es im ersten Moment nicht getan hatte, tat es dann.

Sie blieben ohne Schutz. Einen Moment lang flackerte ein heller Fleck und blendete sie.

"Was werden sie uns sehen !! Gelaute schrie.

Der Scheinwerfer ging aus.

„Zieh deine Mäntel aus, lass deine Waffen fallen! sagte die Stimme.

Sie gehorchten, Gelaute glaubte nicht, dass er mit dem Wegwerfen des dicken, wattierten Mantels auf die Handvoll Rubel verzichtete, die er in seinen üppigen Taschen aufbewahrte.

„Vorsichtig vorgehen!

Sie haben es geschafft. Gelaute hielt einen Moment inne, bis Ursula ihn einholte.

"Gott sei Dank...", murmelte das Mädchen wieder mit einem Dankeslied.

Sie hatten gerade das halbtrockene Flussbett überquert, als Mayer auf der anderen Seite hereinstürmte. Er rannte mit aller Kraft, sprang von einem Stein zum anderen, versank in Wasserpfützen ... Auf dem Rücken trug er Sinii.

„Einfrieren !!... Steh auf !! Der Lautsprecher brüllte.

Aber Mayer gehorchte nicht.

"Feuer!!

Der Befehl klang hart, rau, brutal. Und gleichzeitig durchquerte der Lichtstrahl das Flussbett auf der Suche nach den Fremden. Bevor die Geschosse die Führung übernahmen, rief Gelaute mit aller Kraft:

„Nicht schießen!!... Wir sind Deutsche!!... Wir sind vor den Russen geflohen!!...

In seinen Worten steckte so viel Aufrichtigkeit, dass er erreichte, was er sich vorgenommen hatte: Schüsse vermeiden.

Aber er konnte die russischen Maschinengewehre nicht dazu bringen, das Todeslied hinter ihnen zu beginnen.

Mayer hatte nicht aufgehört. Als sie das Ratatata-Ratatata hörte, schienen ihre Füße stärker zu werden. Er sprang wie ein Reh, trat auf einen dicken Stein, der als Halt diente, und überwand mit einem einzigen Sprung den tiefsten Teil des Flussbettes. Die breiten Ränder des Mantels teilten sich und Mayer sah für einen Moment aus wie ein geflügelter Vogel.

Als Gelaute ihn sah, fühlte sie sich wachsen.

„Komm schon, Ursula! Er brüllte.

Die Schwester gab ihre Stase auf und hielt Gelautes Hand fest.

Die vier Flüchtlinge schienen das Knistern russischer Waffen zu ignorieren, das hinter ihnen weiter klingelte. Über ihnen hörten sie Projektile pfeifen. Es war ihnen egal!

Die Deutschen eröffneten das Feuer. Die Scheinwerfer leuchteten auf und das Niemandsland war in Licht getaucht.

Die vier Gefangenen waren perfekt gesichtet. Sie erreichten bereits die Grenze des Flussbettes neben den germanischen Außenposten.

Das Feuer war weit verbreitet. Sie konnten die deutschen Soldaten perfekt sehen.

„Nicht schießen!!... Nicht schießen!!...", heulte Gelaute.

Ursula keuchte, atmete brutal, zwang ihre Lungen zum Maximum, kurz vor der Explosion.

Eine russische Granate traf Mayer am Oberschenkel. Es war im Begriff, ihn aus dem Gleichgewicht zu bringen. Er spürte eine gewaltige Träne, als würde eine glühende Zange an seinen Muskeln ziehen und sie abreißen. Aber sie biss sich auf die Lippe und rannte weiter.

Nur noch wenige Meter.

Wenige Meter.

Ein paar Meter...

Und endlich stürmten alle vier gleichzeitig in einen deutschen Schützengraben !!

Sie waren freie Männer !!

Sie fielen in Gruppen, auf einem Haufen. Neben sich hörten sie einen Fluch. Aber es war ein auf Deutsch gesprochener Fluch. Es schien ihnen etwas Großartiges, unglaublich Schönes.

Gelaute spürte Ursulas Körper in ihren Armen. Er verspürte auch ein enormes Bedürfnis, gleichzeitig zu weinen und zu lachen, seine Freude zu schreien, die Russen zu beleidigen, die ihn monatelang wie einen räudigen Hund behandelt hatten ... Aber all das gab er sich damit zufrieden, Úrsula in seinem zu halten Arme und Gemurmel:

„Úrsula... ich... ich würde dich gerne näher kennenlernen... für...

Sie spürte, wie ihr Tränen über die Wangen liefen. Seine Hand griff in einer intuitiven Geste zum Gesicht des Deutschen und streichelte ihn sanft.

„Ja", flüsterte er. „Ja, wie auch immer du magst...

Deutsche Soldaten umzingelten sie.

Einer beugte sich über Mayer.

„Es tut weh?", fragte er und zeigte auf den verletzten Oberschenkel.

„Sie zuerst", antwortete er und nickte Sinii zu. Er war bewusstlos, seine Augen geschlossen.

„Camilleros! Jemand schrie.

Plötzlich erkannte Mayer, dass dieser Schrei perfekt zu verstehen war, ohne das Knistern der Kanonen im Hintergrund. Er sah sich um, als könne er es nicht glauben. Er sah nur lächelnde Gesichter. Er versuchte aufzustehen und sie halfen ihm dabei.

Er betrachtete das Flussbett, die Mulde, das Niemandsland. Ich war im Dunkeln. Die Waffen hatten bereits aufgehört, das Todeslied zu singen.

Es schien ihm unmöglich. Im Sektor war der Frieden wiedergeboren.

Jemand kam auf sie zu. Sie trugen eine Trage. Sie legten Sinii darauf.

Mayer versuchte ihr zu helfen und ging dann an ihrer Seite.

"Noch eine Trage", fragte ein Leutnant.

"Nein, nein ... ich gehe ...", murmelte Mayer.

"Helfen Sie ihm", befahl derselbe Leutnant.

Hinkend, auf die Schultern eines Säuglings gestützt, erreichte er die Krankenstation, die in einem breiten Graben untergebracht war.

Ein Arzt untersuchte Sinii schnell.

"Es ist nichts Ernstes, Der Schrecken...", murmelte er.

Mayer bemerkte, dass ihr Tränen in die Augen flossen. Ein Gezwitscher von Schmerz und Freude spielte auf seinen Lippen.

Er streichelte Siniis Hand.

„Danke... danke...", flüsterte er. Und dann verlor er das Bewusstsein.

* * *

Als sich die Russen wehrten, waren die vier ehemaligen Häftlinge evakuiert und in ein Aufwachkrankenhaus gebracht worden. Einen Monat später schlossen sich Gelaute und Mayer ihren Einheiten wieder an, Ursula blieb im Gesundheitswesen des Krankenhauses. Sinii wurde Übersetzer des "Krieg", der Zeitung, die kostenlos an deutsche Soldaten verteilt wurde.

Für die Deutschen lief es nicht gut. Sie haben den Krieg verloren. Vielleicht war das großartig für Europa. Aber es gelang ihnen, die Haut zu retten und sich wieder zu treffen.

Noch heute treffen sie sich jedes Jahr in der Nacht zum 1. Oktober zum Abendessen, um den Moment zu feiern, in dem sich das Lager Boringezov mit dem Ruf "Jetzt oder nie!" gegen die sowjetische Tyrannei auflehnte.

ENDE

www.ingramcontent.com/pod-product-compliance
Lightning Source LLC
Chambersburg PA
CBHW031433150726
47989CB00002B/930